鬼狩り神社の守り姫

やしろ慧

富士見L文庫

目次

プロローグ

「こんなに長い階段、透子《とうこ》ちゃんは上れる？」

「だいじょうぶ、おかあさん。とおこは、ちゃんとあるける」

芦屋《あしや》透子が持つ母の最後の記憶の舞台は、夏だ。

あれはたしか、陽射《ひざ》しの厳しい、八月のはじめだった。

猛暑の中、蟬《せみ》は少しも中断することなく鳴き続け、透子は買ってもらったばかりの麦わら帽子を目深にかぶり、うんせ、うんせ、とおぼつかない足取りで石畳を上る。

まだ五歳の透子の足にはこの大きな石が何個も連なった階段はどうにも大変だ。

「気をつけて。転ばないようにするのよ」

すこし先を行く母が振り返る。

笑顔の母。髪の長い母。夏の蒸した空気を風がさらう。

さらりと髪がゆれて透子はにこりとした。

一段一段上って、待っていてくれた母に追いつき大好きなその人を見上げた。

「おかあさんの、髪きれい」

「透子と一緒ね」

「ほんとう？」

母が本当よと微笑《ほほえ》むので透子は嬉《うれ》しくなってぴょん、っとはねた。

大好きな母、優しい母、柔らかい母……透子とずっと一緒にいてくれる。

「このうえになにがあるの？」

透子の問いに、母は笑って答える。足取りも軽く少女のように一番上まで駆け上がると、大きな木と空を背負って透子にこっちへいらっしゃい、というように手を振った。

「────」

だが、逆光で母の表情は見えず、何を言っているのかわからない。

「透子──」

蝉の声がうるさくて、母の声が聞こえない。

「おかあさん、なあに？」

透子は聞きたくて耳を澄ますのに……何も聞こえない。

そればかりか、母の姿はなぜか遠くなっていく。よくわからないものに引き離されるかのように──。

「まって、おかあさん、どこにいくの！　どうして、とおこを、おいていくの、なんでなんで……」

母の表情が険しくなる。

悲しいことを堪《こら》えるように唇を噛《か》んで、首を横に振る。透子は慌てて追いかける。

「おかあさんっ！　おかあさん！　まって、いかないで!!　おかあさんっ!!」

透子、と母は言った。おいでと呼んでくれた笑顔は消え、ひどく悲し気な表情になる。

「――ここへ来ては駄目……あなたは、こちらにはこないで……」

母の背後から無数の青い手が現れて彼女をがんじがらめにする。闇に母を引きずり込んでいく。透子は暗闇と同化していく母になんと叫んで手を伸ばしただろうか。

それがどうしても思い出せないまま十数年が経《た》つ。母が行方不明のまま父は失意のうちに亡くなり、透子はひとりになった。


――十数年後。

記憶と同じ階段を異なる高さの目線で透子が見上げた先には、母とは全く異なる人物がいた。

「荷物貸して。俺も上に行くし」

綺麗《きれい》な顔をした少年は透子を色素の薄い目で見下ろすと、「来い」というように踵《きびす》をかえす。
——来ては駄目。
一歩を踏み出した透子を牽制《けんせい》するように、遠い記憶の母が囁《ささや》く。
「……あ、の……」
少年が振り返る。
透子は、彼を見上げながら、ごくりと喉を鳴らすと——一歩を踏み出した。
たぶん、大嫌いな自分を変えるために。

第一章　いらない子

「透子《とうこ》ちゃん、これからは自分で働かないかんとでしょう、どうするの。おばさん、いくつか知り合いに会社を紹介してもらってきてあげたんやけど。ねえ、どこにする？」

猫撫《ねこな》で声で言われて透子はうつむいて膝の上に乗せた拳に視線を落とした。

春の終わり。八十を越えても頑健そのものだった透子の祖母は、なんの予兆もなく本当に呆気《あっけ》なく亡くなった。

「おやすみ」といつものように布団に入り、そして起きてこなかったのだ。

透子と祖母が暮らす質素で小さな日本家屋と柵一つで隔てられた洋風の家に住む伯母が斎場には似つかわしくない上機嫌で透子に尋ねたのは、四十九日法要が終わり、一人でぼんやりしていた時のことだった。

透子に母親はいない。五歳の時から行方が知れない。

母が行方不明になった後、父は関東から透子と一緒に九州の実家へ戻った。——優しかった父は、十歳の時に亡くなり、以来六年間、透子は祖母と二人で暮らしてきた。

伯母の百合《ゆり》は透子の父の姉だが、生前の父とも祖母とも折り合いが悪く、透子にも好意的ではない。急な申し出に戸惑う透子に構わず、伯母は法事のために借りた葬祭場の机上に会社の書類を広げた。

「お知り合いの不動産屋の社長さんが、事務員兼秘書さんにしてあげようかなんてお話もあるんよ。とにかく傍《そば》で気分よーく笑わせてくれたらそれだけでいいって。お昼とお夕飯は一緒に食べてほしいらしいけど。透子ちゃんの写真見せたら、可愛《かわい》いだけで合格やー、って。まだ四十過ぎのなかなか男らしい人で」

伯母が手にしていたのは、住み込みで働けるいくつかの会社の求人票だった。

そんな、と透子が首を振ると、漆黒で癖のない黒髪がさらりと落ちる。

透子は高校二年生。来年は受験生だ。

校内では上から五本の指に入るほど成績がいいから、祖母は大学進学を望んでいた。

透子本人はさすがに経済的事情から進学は諦めて就職しようと思っていたが、それでも、祖母が口を酸っぱくして「高校だけは卒業せんといかん、学歴はあっても邪魔にならんとやけん」と言っていたので高校は卒業するつもりでいた。

「おばさん。私はすぐ働くつもりはありません。お父さんが残した貯金もあるってお祖母《ばあ》ちゃんも言っていたし……」

反論すると伯母は明らかに機嫌を損ねた。

「貯金なんてそんなん！　今までの透子ちゃんの生活費と学費に消えたに決まっているや

ない。あんなはした金相続税で消えてしまうんやから！　一週間待つから、ちゃんと決めてちょうだいね。ああ、学校への挨拶は私が一緒に行ってあげる」

透子は、ぐ、と反論の言葉を呑《の》み込んで俯《うつむ》いた。

遺産をはした金と呼ばれたことにも怒りが湧き上がるが、どうして「はした金」だと知っているんだろう？

しかし、口達者な伯母に一言いえば何倍もの罵倒を浴びるに決まっている。

伯母は頬に手をあてて透子をせせら笑う。

「それに透子ちゃんは、普通の子と、ちょおっと違うでしょう？　伯母さん心配しとるのよ、まともな職に就けんっちゃないか、って」

意味ありげな視線に黙るしかない。

昔から透子は他人と違うところがある。——透子が少し変わった子供だということを伯母は忌み嫌っている。そして、透子が「変わっている」せいで何か騒動を起こすたびに「恥をかいた」と激昂《げきこう》する。

しかし伯母にとっていらない子だからって、こんな追い出すような真似《まね》をしなくても、と伯母を見上げた透子は伯母の首にある真珠の首飾りに気付いた。

あれは祖母が大事にしていた真珠。高価ではないが、いつか透子に譲ると言ってくれていたもの。透子は膝の上でぎゅっと拳を握り込んで唇を噛んだ。

──伯母がさらに何かを言おうとした時、若い女性の声が割り込んできた。

「母さん、透子。支払い済んだから帰ろう」

見計らったかのように現れたのは従姉《いとこ》のすみれだった。

背が高く人目を引く美人の従姉は自分の母と透子の間の不穏な空気に気づいているのか、静かに視線を動かす。

彼女の背後には、すみれの兄で従兄の圭一《けいいち》がいたが、こちらは携帯端末に夢中で透子たちに注意を払う様子はない。来年三十になる従兄は、外面はいいが家の事は何もしない怠惰な青年だ。法事の間も、関心ごとはアプリゲームのみで、経を読むことさえしなかった。

すみれが机に広げられた資料を見てわずかに顔をしかめる。

どこか咎《とが》めるような視線を娘に向けられて百合は資料を慌てて集め、自慢の娘に微笑みかけた。

「すみれったら法事のお金、もう払ったの？　後でいいって言われたのに」

「こういうお金は早めに精算した方がいいでしょう？　母さんがうっかり忘れてもいけないし。お葬式の時にいただいたお香典から払っておいたから」

「香典て、あんた！　──あれは」

「私が管理する約束だったでしょ。香典返しもお坊さんへの謝礼も全部支払った」

透子はほっと息を吐いた。

法事の費用は一緒に暮らしていた透子が全額払え、なんなら今から銀行へ行こうか、と、さきほど伯母がねちねちと言ってきたところだったのだ。目で従妹を窺《うかが》うと彼女は透子にだけわかるようにそっと肩を竦《すく》めた。

「帰るよ」

すみれはサクサクと場を仕切ると家族と透子を駐車場へと促す。

葬祭場を後にしながら、透子はうなだれた。

俯いたまま歩いたので、前から来た男性にぶつかってしまう。思い切りぶつかって、透子は慌てて謝った。

「あっ、ごめんなさい。私、よく見ていなくて」

(い……ぇ、らいじょうぶ、です)

不自由な声音を不審に思って反射的に顔を上げた瞬間、透子は自分がひどい失敗をしたことに気付いた。

――若い男性の顔半分は不自然にひしゃげている。

何かに押しつぶされたかのように。そして無傷のもう半分は先ほど透子たちがいた場所とは別の部屋で見かけた若い男性の遺影の顔とそっくりだった。

ひっ、という悲鳴を透子は呑み込んだ。

少し前を歩いていた伯母夫妻が露骨に顔をしかめ、圭一はニヤニヤと笑う。

「おいおい、なんだよ。誰もいないのに、何とぶつかったんだよ。やめてくれよー、そこには、なんにもないのに、こわいなあ透子ちゃんは、まぁた何か見えちゃったー？」

（……ぁぁーのぉー、みえて、ますかあ？　ぼーく、のことぉ。みえてー、ますかあ？）

顔が半分ひしゃげたまだ若い男性が、せせら笑う圭一をすり抜けて、透子の顔を覗《のぞ》き込む。白目の部分に滲《にじ》むどろりとした血の色に震えが来そうだけど、透子は見えないフリをした。きっとこの若い男性は事故か何かで亡くなったんだ。

それがわかったけれど、透子は目を伏せて、見えないふりを決め込む。

「……転びそうになっただけです。すいません」

なおも、みえますか、みえますか……と繰り返す男性にごめんなさい、と心の中で謝りながら。

私は、見えません。なにも……見えない。見えたら、いけない。

息子と透子のやりとりに百合が蒼褪《あおざ》めた。

「冗談でもふざけた事を言うのはやめてちょうだいっ！　また恥をかくじゃないっ」

「ごめんなさい、伯母さん」

声を荒らげた伯母に葬祭場の職員たちがヒソヒソと囁きを交わす。

――どうしたのかしら、芦屋《あしや》さん。

――ほら、あの子よ。例の。

――ああ、見えるっていう子？

――本当かどうか、わからんけどねえ。

要らぬ注目を集めたのは伯母の本意ではなかったらしい。

「ほんとうに気味が悪い子！」

吐き捨てると、伯母は夫と息子を引き連れてさっさと駐車場へと向かってしまう。

透子の足はすくんだ。己の死を自覚できていない男性の横を、息を止めて通り過ぎればいい。……それだけ、なのに一歩が動かない。

「透子、車に行くよ」

従姉のすみれが短く促した。震えて頷《うなず》くと黙ってすみれが手を差し出した。

「……目の前にいるの？」

透子は頷く。

「……隣の部屋に飾ってあった、遺影の人だと思う」

「そっか。じゃあ目を閉じていていいよ。車のとこまで引っ張るから」

うん、と透子は従姉の手を取った。

（――見えますかあ）

間延びした声がまだ後ろから聞こえたけれども、心苦しい思いで無視をして、すみれの先導で車にたどり着く。

我関せずと伯父は三列シートの二列目で目を閉じて家族と透子から意識を逸《そ》らし、その横で伯母は苦々しげに透子を睨《にら》む。

圭一は三列目に悠々と座って運転席にはすみれが、助手席には透子が乗りこんだ。

「後ろは大丈夫？」

さりげなく、すみれが確認してくれる。

車が来ているかという確認に聞こえるが、男性の霊がついてきていないか、という意味と透子にだけはわかる。

「……うん、大丈夫」

透子が答えると、すみれはゆっくりと車を発進させた。

伯母が冷たい声を出した。

「今日みたいに学校でも騒いだりしていないでしょうね？　透子ちゃんのことで変な噂《うわさ》が立つのは、もうっ、うんざり！　注目を集めたいのか知らないけど、法螺《ほら》もいい加減にしてちょうだい！」

「……ごめんなさい」

今日、伯母に謝るのは何度目だろう。本当は祖母を悼む日なのに。

透子には、──先ほどのように、亡くなった人が見える。

おそらく、無念な死に方をしただろう人ほど、はっきりとした形で見えてしまう。

亡くなった人だけでなく明らかに普通でない存在も目にしてしまう。目が多い鳥や、口が大きく裂けた犬に似たモノ、ぶよぶよとした肉の塊に大きな目がついた——化け物。透子にとっては当たり前のように周囲にいるそれらが、普通の人には見えてはいけないモノだと知ったのは、母を亡くし父親と二人で九州に越して来てからだった。

父母はいつでも怖がる透子を抱きしめて「大丈夫だよ」と言ってくれていたから、透子は自身が異端だと気づくのが遅かったのだ。

何気なく窓ガラスの向こうに目をやると、三《み》つ目の鳥と目があってしまい、透子はひゅっと息を呑む。異形のモノたちは「お前には自分が見えるのか」と問いたげな視線で透子をいつも監視している。

私には見えない。何も見えない。

——人ならざるモノを、みてはいけない。

——みなければ、そこにないのと一緒だから。

それともやはり透子は「おかしな子」で、本当は——何も存在しないのだろうか。

「恥をかくのは伯母ちゃんたちなんやからっ！　本当にやめて」

「……もう、そこまでいいじゃないか。今日は義母《かあ》さんの法要なんだし……」

伯母の隣に座った伯父が妻をなだめ、すみれがさりげなくラジオのスイッチを入れる。

『皆さま！　こんにちは。テンジン明太《めんたい》情報局！　今日は……夏にぴったり、怪異スポットの情報で……』

すみれがしまった、という表情を浮かべて慌てて番組を変える。

夏は霊や怪異に関する噂話がメディアに頻繁にとりあげられる季節だ。いわゆる「普通の」人たちには心霊現象などはありえないことだから、無邪気に楽しむことができるのだ。

ラジオは歌番組が流れてきている。白々とした車内に流れる場違いに明るい女性グループの歌声を聞きながら、透子は心の中で祖母を呼ぶ。

伯母はきっと透子を許容しない。きっと追い出される。

——お祖母《ばあ》ちゃん。

こぼれそうな涙をこらえるために目を閉じる。誰ひとり口をきかない車内で不自然に明るいパーソナリティーの声だけが空《むな》しく響く。

——私、これから、どうしたらいい？

透子は瞼《まぶた》を硬く閉じて助手席に深く身を沈めた。

翌日、透子の高校は終業式だった。

昼過ぎには今は透子しか住んでいない祖母の家に帰って掃除をし、一人分の夕食をつくる。夕方になって、透子はタンスの奥から貯金通帳を引っ張り出すと、罫線《けいせん》の上に印字された数字を追った。

多分、数日のうちには透子は慣れ親しんだ家から追い出される。

祖母が多くはない年金の中から少しずつ貯《た》めてくれていた透子名義の貯金だ。

三百万弱という数字が果たして一人暮らしをしながら高校卒業まで約一年半通える金額なのか、透子にはわからない。

他に財産と言えば、本や、母が持っていた手鏡。

部屋中の私物をかき集めても、集め終えてしまえば己の大事なものは妙に少なくて、透子は荷物を詰め込みながら一人声を殺して泣いた。

そもそも、一人暮らしをしながら高校に通うことを高校は許してくれるのだろうか。

夜まで鬱々と考え込んで資金のことも含めて担任に相談してみようと決めて、仏壇に手を合わせてからリビングに戻り、透子は見慣れぬ人影に悲鳴をあげそうになった。

——従兄の圭一がリビングに我が物顔で座って、缶ビールを片手に濁った目でこちらを窺っていたからだ。距離を取りながら、透子は従兄に尋ねた。

「圭一さん、なにか御用ですか」

「透子どうしてるかなーって。俺も保護者だしさあ、気にしてあげなくちゃなあ」

圭一は市役所で働く伯母の自慢の息子だ。

爽やかな外見だし地元の国立大学出身で学歴もある。だが、透子は伯母の目を盗んではいやらしい目つきで絡んでくるこの従兄がどうにも好きになれなかった。

「透子ぉ、オマエ、これからどうすんの？」

「圭一さんにはご迷惑かけません。だいたい、いつの間に家に入ってきたんですか」

「いつの間にって、ひどいなあ。ここは俺の家だし、そもそも家族なんだし。可愛《かわい》い顔して祖母ちゃんみたいに煩《うるさ》いことというなよ。母さんに働けとか言われたんだろ？　ひどいよなあ。ここにいればいいよ、なんなら俺が一緒に住んでやろうか？」

頭を撫《な》でられそうになってあまりの気持ち悪さに透子はさっと身を引いた。

「おい、なんだその態度！」

二の腕を掴《つか》まれてすごまれたのを睨み返す。

これ以上何かするなら金切り声をあげて刺し違えてやる、と透子が覚悟を決めた時——

「未成年相手に何をやっているの、クソ兄貴。信じられない。あんたと血がつながっているとか、人生最大の不幸だわ」

スマートフォンのシャッター音とともに、冷たい声が割り込んできた。

「すみれ！　お、おまえ、今……なに撮った！」

圭一が狼狽《うろた》えた。

「犯行現場の写真と動画を証拠として保管している」

圭一の背後にいたのは、従姉《いとこ》のすみれだった。

すみれは兄の圭一よりもいくらか背が高い。そしてそれを圭一がコンプレックスに思っていることを透子は知っていた。すみれは狼狽《ろうばい》する兄を見下ろして兄の臀部《でんぶ》を蹴り上げた。

「イッテェ！　テメっ！　すみれっ！　犯行って、な、なに人聞き悪いことを言ってやがる。そもそもお前、今日は大学に泊まりじゃなかったのかよ！」

「透子をひとりにしたくなくて、帰って来たの。ごめんねお兄様」

すみれは、今度は兄のスネを蹴った。

「痛っ！　何をしやがる」

「それはこっちの台詞《せりふ》。さっさとここから出ていかんね、酔っぱらい。これ以上ここに留《とど》まるんなら、あんたの消費者金融への借金、圭ちゃん大好きなママに全部ばらすよ」

「……ばっ」

「それとも匿名で警察に通報するべき？　市役所におつとめの圭一君はぁ、未成年の従妹に痴漢する最低な性犯罪者です、って。なんならご近所様にいまの写真を添付して回覧板まわしてやってもいい。もしくはあんたの職場にいる私の友達におまえの悪行全部ばらして明日から出勤できなくしてあげようか？　どれがいいか選んでよ、兄貴。——もしくは全部実行してあげようか？」

「こ、この……い、妹のくせに生意気なんだよ、このっ」

圭一が振り上げた拳をすみれはためらいなく手の甲で打って、更に兄の腹を素早く蹴り上げた。予期せぬ痛みに圭一が情けない声で呻《うめ》く。

「望んであんたを兄貴にしとらんわ。今のデータ、クラウド上に保存したけん。あんたが透子に何かいけん事したら、あんたの同級生全員に送り付けちゃるけん。五秒数える間に出て行け。でなきゃ玄関先で、朝まであんたの名前を叫び続けてやる、ほら、五——」

妹の剣幕に、圭一の酔いはすっかり醒《さ》めたらしい。

「かわいげねえんだよ！　おめえは！」

迫力のない悪態をついて圭一は出て行った。

「す、すみれちゃん……」

へなへなと座り込んだ透子をすみれの手が掴んで立たせた。

「ごめん透子。大丈夫……じゃないよね？」

「ううん。だ、大丈夫。……ちょっと揉《も》めただけ……」

すみれと透子は年齢が五つも離れているからべったりと仲がいいというわけではない。

だが、透子は彼女が好きだ。

伯母家族の中で唯一普段から祖母の家に出入りしていたし、透子や祖母が伯母から攻撃を受けそうになると弾除《たまよ》けになってくれたり、逃してくれたりと気遣ってくれていた。

昨日のように、妙なものに遭遇して透子が困っている時も、何も聞かずに手を差しのべてくれる。

すみれは透子をリビングの椅子に座らせると冷蔵庫から麦茶を出して、コップに注いでくれた。透子が落ち着くのを待ってそれから言葉を探してゆっくり問いかけた。

「父さんから聞いたんだけど。母さん、透子に家から出て行けって言ったって？」

「うん……知り合いの会社を紹介するから、高校をやめて住み込みで働いてみたらどうか、って」

すみれは、そっか、と言って頭をかいた。

「お祖母ちゃん、この家を透子名義にするって言っていたけど、間に合わなかったんだね。一応、万が一で聞くけど……母さんのおすすめに、いい職場とかあった？」

透子は首を横に振った。すみれは「だよね」と重い息を吐く。

「私、働いた方がいいのかな……」

「まさか！　明治時代じゃあるまいし……。奉公みたいな事させられないよ……」

社名を聞いたこともない小さな会社ばかりだったし、やりたいと思える業務ではなかった。透子は俯《うつむ》いたまま、言った。

「私がここにいて迷惑になるなら一人暮らしをしたいと思う。高校卒業まではなんとか通えないか、費用含めて明日学校に相談するつもり。高校を出たら……就職先を探す」

透子が、自分名義の貯蓄が少しあるんだ、と言うと、すみれは実家の方角を見た。

「うちの母さんに、貯蓄のこと申告しちゃった？」

「して、ない……」

「言わない方がいい。うちはお金に困っているわけじゃないけど、母さんは透子が持っている物は、何でも欲しがるみたいだし」

それに、と、すみれは淡々とした口調で付け加えた。

「透子の担任って山本《やまもと》先生じゃん？　山本先生、私の高三の時の担任だったんだよね。今でも結構仲良くしているんだけど、さ」

山本先生は、まだ三十前の若い男性教諭だ。

ひょろりとした長身でさわやかな人なので、男女共に人気がある。透子はすみれと高校在籍がかぶっていないから山本とすみれが仲がいいのは初耳だった。

「山本先生がどうかした？」

「今日、母さんが透子の退学届を提出しにきた、って」

透子は悲鳴をあげて立ち上がった。

「そんなの私っ、同意してない！」

本人に告げず退学届を提出するなんて。どうしてそんな横暴がゆるされるのだろうか。

すみれは、どうどう……と透子をなだめた。

「『このご時世本人の同意なしに退学届は受理できないから、預かります』って帰らせたって。母さんは手続き終わったってホクホクしているかもしれないけど」

「そんな」

「虐待の通報した方がいいかって悩んだみたいで私に連絡きた。それでもいいと思うけど……」

すみれは透子の目を見ながら言った。

「透子の味方だったお祖母《ばあ》ちゃんはいなくなったし、私はしょせん頼りにならない。遺産だけで一人暮らししつつ高校に行く――、のは現実的には難しいと思う。その……透子、転校するつもりない？」

「え？」

すみれの思わぬ提案に、透子は間抜けな声をあげてしまった。

「ちょっと先方に連絡するから待っていて」

「て、転校？　――先方？」

すみれは、スマートフォンを取り出すと、電話をかけはじめた。

「もしもし、芳田《よしだ》です。先日はお世話になりました。はい、今は透子と二人なので、いらしていただければ……」

すみれは通話を終えると、透子の真向かいに座って髪をくしゃりと額にかきあげながら、言った。

「実は私、お祖母ちゃんから遺言を預かっていたんだ」

「お祖母ちゃんが、すみれちゃんに遺言？」

すみれは、どこか寂しそうに言った。

「お祖母ちゃん、わかっていたんだろうね、自分が亡くなったあとは母さんが透子に意地悪するだろう、ってさ。それで私に頼んでいたの。『何かあったら、透子の母方の親戚に連絡してくれ』って」

驚いて、透子は顔を上げた。

伯母だけでなく祖母も……透子の母方の親戚達を嫌っていたから、つながりがあるとは思わなかった。口には出さないけれど、祖母が、行方不明になって父を不幸にした母を恨んでいたのは知っていた。

「ねえ透子。今この家にお祖母ちゃん、居る？」

祖母の霊が、という意味だ。

透子は首を横に振った。祖母の気配はどこにもない。勿論《もちろん》、亡くなっているのだから肉体は存在しないが、すみれはそういうことを言っているのではない。

「私、心残りのある人の霊しか……見えないから」

「お祖母ちゃん、成仏しちゃったのかなあ……心残りいっぱいあったろうに」

すみれは苦笑して仏壇と透子を見比べただけで、透子の「霊」という言葉を否定も疑いもしない。

「さっき、私が電話したの、透子のお母さん……」

「えっ、お母さん？」

透子がかぶせ気味に驚くとすみれは、違う違う、と手を振った。

「の、はとこの神坂《かんざか》さんっていう人。初七日のあとにお祖母ちゃんから預かった電話番号に連絡したら、その人が折り返してくれてさ。状況を話したらぜひ透子に会いたいって。『出来たら一緒に暮らしたい』って申し出があったの。前からお祖母ちゃんに打診はしていたらしいよ」

話の内容が頭に入ってこない透子を置いてけぼりのまま、すみれは淡々と続けた。

「私、今月の初めに関東に行っていたでしょう」

「うん、大学院の見学に行くって」

すみれは地元の国立大学の四回生で大学院進学を目指している。

伯母も伯父も女が理系の大学院に進むなんて無駄以外のなにものでもないと「心配」していたがすみれは奨学金をもらって進学するつもりらしい。

「大学院を見学した後に、神坂さんのご自宅にお邪魔していたんだよね。劣悪な……うちの家以上に酷《ひど》い所だったら、別の場所を探した方がいいと思ってはいたんだけど。想像以上にしっかりしたおうちだったし、私はあちらのお宅に行く方がいいんじゃないかと思う。母さん、あんたの事になると悪魔みたいになるし離れた方がいい。この町は田舎過ぎて人と違う子に冷たいし……」

それにね、とすみれはどこか困惑したように言葉を続けた。

「どうも、神坂の人たちは、透子のそういう力を――歓迎するみたい」

「歓迎する？　そういう力……？」

「よくわからないけれど。これからくる人も……透子みたいな力があるって……」

状況が呑《の》み込めない透子の横ですみれのスマートフォンから軽やかな音が鳴る。

すみれは視線を落とした。

「今夜、来てもらうように約束していたの。いま家の前についたって。迎えに行こう」

すみれは透子の反応など気にせずに玄関へ歩いていく。

「話を聞いて、うちに残るのがいいか、その人の所に行くのがいいか考えてみて」

透子が戸惑いながらも玄関にたどり着くと、二十代後半くらいの青年が立っていた。

喪服で、濃い色のサングラスをかけているのでちょっとマフィアの人みたいだ。

すみれが頭を下げるとスーツ姿の男性も同じように頭を下げた。

「すいません、目が陽射《ひざ》しに弱くて。いつもサングラスをしているんです」

言いながら青年はサングラスを外すと胸ポケットに入れる。色素の薄い翠《みどり》混じりの薄茶の瞳がひどく印象的だ。

「俳優をしています」と言われても信じてしまいそうな位、整った顔立ちの青年だった。

ただ、違和感があるのは――

「写真ではみていたけど本当にお母さんにそっくりだな。芦屋透子さんはじめまして。神坂千瑛《ちあき》です。透子さんのお母さんの真澄《ますみ》さんとは、はとこにあたります」

神坂が握手のために差し出した手を、透子は戸惑って握り返せなかった。

彼は苦笑すると、さりげなく手を引っ込めてすみれに笑いかける。

透子は神坂の肩のあたりを凝視した。青白い光をはなつ鳥のような大きな鳥が、スーツには不似合いにとまっている。

ばたばたと鳥が羽ばたいたので、透子はびくり、と怯《おび》えて再び鳥を見た。

透子の様子に気付いたのか、神坂はなぜか一瞬嬉《うれ》しそうな顔をしてから、何かをごまかすように咳《せき》ばらいをした。

「変なもの見せちゃってごめんね、透子さん。君が本当に見えるのか、知りたかったんだ。今、しまうから」

神坂が指をぱちんと鳴らすと、鳥は一枚の青白い羽根になって宙を舞った。

すみれが、「……羽根？　どこから？」ときょとんとしている。

その羽根を胸ポケットに入れた神坂は、人懐こい笑顔を透子に向けた。

「ああ、悪いことはしないんだけど気味が悪かった？」

透子はぶんぶん、と首を横に振った。

中に招き入れると神坂は「まずはご挨拶を」とすみれと透子に断って仏壇に供物と線香

をあげてくれる。

正座のまま向きを変え、神坂は二人に丁寧に頭を下げた。

「このたびは、ご愁傷様でした」

「恐れ入ります」

透子とすみれは同じタイミングで会釈する。それがおかしかったらしく神坂青年は軽く笑い、透子に切り出した。

「単刀直入に聞くけれど……透子さんは僕と一緒に神坂の家に来る気はない？」

「家に、ですか……」

透子はどうしたらいいのだろう、と視線を泳がせた。

――この家にはいたくない。祖母が亡くなった今、透子には居場所がない。けれど……。

戸惑う透子に、神坂はなおも微笑《ほほえ》んで、胸ポケットから白いハンカチを出した。何をするのかといぶかしむ間もなく、白い布は小鳥になって、彼の指に乗った。

ぽかん、と透子は口をあけた。また！　さっきと同じように神坂が鳥を――今度は文鳥サイズの鳥を出して指に乗せている。

神坂がふっ、と息を吹きかけるとすみれが、あっと声をあげた。

「と、鳥……!?　どこから？　窓も開いてないのに」

にこり、と神坂が笑う。

「――お二人にはなじみがない言葉だと思いますが、僕は、人には見えないモノを見て、ついでに自分の眷属《けんぞく》、ええっと、手下にして従えることができます。僕たちは式神《しきがみ》と呼んでいるんだけど」

神坂は指で空中に「式神」と書く。

心なしか誇らしげに、小さな鳥は「ぴ」と鳴いた。

「さっきまで、僕は透子さんにしか見えないようにこの式神を調節していました。でも、今、また調節したからすみれさんにも見える、とそういうわけです」

「……私にも見えるように？」

「はい。たとえば周波数でも2・4ギガヘルツは遠方まで届くけれども電波干渉が発生しやすいですよね。けれど5ギガヘルツは他と干渉しづらいけれど届く範囲は限られる」

神坂が、Ｗｉ－Ｆｉを例にして説明してくれる。

透子にはちんぷんかんぷんだったが、理系のすみれは納得したらしく、軽く、頷《うなず》いた。

「……そうか。私は2・4ギガヘルツの周波数にしか干渉できないけれど、透子や神坂さんはどちらにも干渉できる、だから透子には色々なモノが見えていた、とそういうこと……だったんですね！」

「その通りです！」

説明が通じた嬉しさからか、神坂がにこっと微笑んだ。

「僕たちは——神坂の一族の者にはこの世のものではないモノが見えます。物語の中で霊、妖怪、あやかし——鬼、と呼ばれるモノが、ね」

鬼、という言葉に透子はなぜだかどきりとした。

おそるおそる、口にする。

「私は、霊は見たことがあります。なんだか姿がおかしい動物も。それが、妖怪とか鬼なんでしょうか？　そして、その……、お母さんのおうちの人たちは、皆さん、私と同じように見えるんですか？」

矢継ぎ早の質問にも、神坂は嫌な顔ひとつせずに答えてくれる。

「全員じゃないけど大体、ね。一族でも全く見えない人もいる。ただ神坂家は代々、神社を管理する家系で——昔から怪異を扱う仕事をしている。拝み屋、霊退治、陰陽師《おんみょうじ》。そんな名称だとイメージしやすいかもしれない」

神坂は微笑んだ。

「ただ、それだけだと食べていけないからね。明治時代に商才のあったご先祖様が事業を興して……今に至っています」

神坂家は商社や不動産を扱う会社、通信会社なども経営しているらしい。挙げられた会社名の中には透子でも名前を知っているものもあった。

透子は知らなかったけれど、透子の母親の実家は裕福な一族だったみたいだ。

そういえば、神坂のスーツもいかにも高価そうな気がする。

「現代では、だんだんと一族の力も弱くなって、一族でも透子さんみたいにはっきり見える人は貴重なんだ。だから君は神坂の家で歓迎されると思う。来てみる気はない？」

透子が答えに窮していると、隣のすみれが「あの」と口をはさんだ。

「先日、ご自宅までお訪ねして、神坂さんがしっかりとした家の方だとはわかっています。透子が安心して高校に通える環境を整えてくださるおつもりなのも、信じています」

けれど、とすみれは神坂をまっすぐに見つめた。

「先日も言いましたが、私はこの子に危ない仕事をさせたいわけではありません。祖母もそう願っていたはずです」

神坂が頷いた。

「もちろん高校生活が第一ですし、高校を卒業するまで何もしなくて大丈夫です。大学にも進学してほしいと思っています。ただ、選択肢のひとつにうちの家業のこともいれてくれたら嬉しいなという程度です」

神坂は言葉を切った。

「何より……、神坂の本家も今まで透子さんに援助が出来なかったのを心苦しく感じてきました。透子さんのお母さんと、本家は懇意でしたから」

「……そうですか」

「芦屋家のお祖母様が、神坂家を快く思っていなかったのも存じています。けれど、今回、お祖母様が僕の事を思い出してくれたのはご縁があったからだと思っていますよ」

すみれは神坂と透子を見比べ、自分で決めたらいいよと勧めた。

神坂がにこりと微笑んで、透子に話しかける。

「お母さんが育った街を見に来ない？　君と同い年の親戚もいるし、そんなに悪い場所ではないと思うよ——君も小さいころ一度だけ来たことがあるんだ。覚えていないかな？

長い石の階段がある……」

「石の、階段……。長い……」

脳裏でぶわ、っと風が吹いた。

記憶の中で母が笑う。

——透子ちゃん。透子。

——お母さんのとこまで、これる？

——だいじょうぶ、とおこ、ちゃんと歩けるよ。

……きっと、透子はそこに行ったことがある。母と一緒に。

「……ます」

「え？」

透子は顔をあげた。

神坂のような、ひいては透子のような力を持つ人がいるところ。

そこに行けば透子は変われるかもしれない。いらない子ではなくて、ちゃんと自分の価値を自分で認められるようになるかもしれない——。

どきどきと高鳴る鼓動を抑えながら、神坂の顔をみてきっぱりと言い切る。

「私、行きます。——神坂の家に。お母さんのいたところに。そう、させてください」

勢いよく言ってしまってから神坂の表情を窺《うかが》う。

きれいな目をした青年は、にかっと笑うと「嬉しいよ」と透子に手を差し出した。

「どうぞよろしく」

差し出された手を、透子はしっかりと握り返した。


そうと決まってからの神坂の行動は早かった。

透子が関東への引っ越しを決めると転校の手続きや編入試験、祖母の遺産相続まで弁護士を立てて、迅速にすべてクリアにしてくれた。

「せっかく就職先を準備してやったのに、面子《メンツ》を潰された！」

神坂家の申し出を聞いて烈火のごとく怒っていた伯母は透子の父親が残した銀行口座の使途不明金を弁護士に指摘されると、急におとなしくなった。

半分以上が使い込まれていた預金については、それまで黙っていた伯父が謝罪し頭を下げてすべて返金してくれたので、もうそれ以上は大丈夫ですと透子は首を振る。

——伯父は地元の大企業に勤めていて、芳田《よしだ》家は真実お金には困っていないのだ。

「すみれっ！　あんたは変な外の人間連れてきて……また自分だけいい子ぶって……お母さんひとり悪者にして……。ああ、嫌。その目……。お祖母《ばあ》ちゃんそっくり！」

涙ながらにすみれを詰《なじ》る姿に透子はいたたまれなくなったが、すみれは肩を竦《すく》めた。

「大丈夫。慣れているし。私ももう少ししたら、家を出るの」

学費は全て支払い済だし、九月からは友人の経営するシェアハウスから大学に通うらしい。

「透子は自分の事だけ心配せんといかんよ。一緒に住むっていう同級生のちひろちゃんと仲良くね」

そう言われて、送り出してもらったのだが……。

透子は、呆然《ぼうぜん》と階段を見上げた。

——神坂千瑛に住所を教えてもらい、色々と準備をして、八月に入って数日たった今日、ようやくやってくることが出来たのだが。

「この階段を毎日上るなんて、私にできるかなあ……」

二百段はありそうな石階段の一段目で足を竦ませながら透子は呟《つぶや》いた。

関東、某県、星護町《ほしもり》。

五芒星の形をしていることからそう呼ばれる小さな町の小高い丘にある神社、その名も「星護神社」に続く石階段の下に透子はいる。神坂たちは神社に住んでいるのだ。

石階段の両脇には大きなアオキの木が均等に並んで枝を拡《ひろ》げ、木々の影がごつごつとした大きな石を敷き詰めた階段を柔らかく覆っている。

透子は古い麦わら帽子をかぶり直した。長く艶《つや》やかな黒髪は、今日は結ばれもせずただ背中に流されている。額の汗をぬぐって見上げた先の、石で出来た古めかしい階段は子供の頃に上ったというおぼろげな記憶を呼び起こす。

子供の頃、透子はここに一度だけ来たことがある、と神坂は言っていた。

――この上で何をしたかは覚えていないけれど。なぜかこの階段を上ったことは記憶にあるような気がする。

たぶんあれも夏で、母と一緒にきたのだ。

自分の中の記憶を探りながら、透子はボストンバッグを抱えなおし、石階段の向こうに小さく見える瓦葺《かわらぶ》きの屋根に視線をやった。

石階段の上にある神社の境内に家があると聞いていて、画像ではみていたけれど実物は全然印象が違う。写真よりもずっと立派だ。

駅に透子を迎えに来てくれたタクシーの運転手は汗をタオルで拭きつつ「お嬢さん、荷物もって上まで行ってあげましょうか」と提案してくれたが透子は大丈夫です！　と首を横に振った。どうしても仕事で迎えに行けないから、と神坂が手配してくれた人だ。

人のよさそうな、しかも年配の運転手に荷物を持たせるのは気が引けた。

「大丈夫かい？　階段を上るのはきついよ」

「私、結構体力あるから大丈夫です。自分で上れます。あの……、ここまで送っていただいてありがとうございます」

老人は、悪いねえと再び汗を拭いた。

「千瑛さんは急な仕事みたいでね。ちひろちゃんに頼むにしても、あの子も部活とかで忙しいから急には難しかったんだろうなあ」

「そんな、大丈夫です。ちひろ、ちゃんは……、忙しいんですね？」

「そうだよぉ、運動も出来るし成績もよくて、礼儀正しい優しい子でねえ」

老人は「ちひろちゃん」をべた褒めだった。

ちひろと言うのは神坂のいとこだという。

透子と同じ年で、今日から一緒に暮らすことになる、遠い親戚の子の名前。

可愛《かわい》らしい名前の子だけど、こんな暑い中部活に励むなんて活発な女の子なのかもしれない。暑さに弱い透子にはとても真似《まね》ができない、と感心する。

「ありがとうございました」

「いいよいいよ。神坂さんには皆、色々お世話になっているんだから。遠慮しないで」

神坂は「神坂家は変わった仕事のおかげで、星護町ではちょっと有名」だと言っていた。怪異に対峙《たいじ》する古い家柄だ、と星護町では認識されていて、それなのに気味悪がられてもいない、というのは本当の事だったらしい。

透子がぺこりと頭を下げると老人はじゃあね、と微笑《ほほえ》んで去っていく。

「ちひろちゃん、か」

夏休み明けから同じ高校に通うことになるけれど仲良くできるだろうかと不安に思いながら、透子はボストンバッグの紐《ひも》を握りしめた。

地元では透子はあまり周囲になじめなかった。人ならざるモノや、霊を見る力を持っていることが中学校時代のとある事件をキッカケにして周囲にばれてから、透子は常に同級生から距離を置かれた。

――透子ちゃんは、怖い。いつも「変なモノ」を見ている。

――あの子、霊が見えるって嘘《うそ》をつくんでしょう？

そう噂《うわさ》され遠巻きにされた。

虐《いじ》められてこそいなかったが、それまで親しかった友人たちはあからさまに距離を置いた。ここではそういう事がないといいけれど、と思う。

神坂はこの町の人達は『そういう力』を持った人間に慣れっこだから気にすることなん

てないと言うが。

透子はちらり、と石階段の脇を見た。青白く光った小さな毬藻《まりも》のような毛玉が二、三個。こっちを窺っているので、ゾッとして目を逸《そ》らした。

――間違いない。生きていないもの。霊だ。

――危ないものではないようだけど、死んだ小動物の霊のような気がする。

(……ミエルノ？　コノコ、ミエテルノ？)

(ミエテルカモ……ツイテイッテミル？)

(……アレ？　シセンガソレタヨ……ミエテナイノカナア)

透子にヒトならざるモノが視《み》えると言ってもただそれだけなのだ。

何か期待されても何もできないし、ただ困る。

毛玉たちを視えていないフリをしてやりすごし、ボストンバッグを抱えて黙々と階段を上って……透子は息を切らして立ち止まった。

「……やっぱり、階段、長いな」

ハアハアと息があがって手の甲で額に浮いた汗を拭う。

(トマッチャッタ)

階段はまだあと半分ある。少し休んでから再開しよう。

(ニモツガ、オモインジャナイ？)

（テツダッテアゲル？）

毛玉たちが相談し始めたのを、透子は気づかれないようにちらりと見た。

ふわふわとした青白い毛玉は可愛いけれど霊は心を許した途端に襲い掛かってくることがある。襲い掛かってくる霊から泣きながら逃げたことが過去に何度もあるのだ。

「頂上まで遠い……」

不安を思わず漏らした透子の背後から、足音が聞こえてきた。

「どこに行くつもりですか？」

いきなりかけられた声に驚いて振り返ると、二十段ほど下に白い半袖シャツと黒いハーフパンツといういでたちの少年が立っていた。

背は高いけれど、表情はまだあどけなさが残る少年は黒いショルダーバッグを斜めがけにして姿勢よくまっすぐにこちらを見ている。染めてはいないようだが色素が薄いのか髪の毛は少し茶色味が強い。

少年の、離れていてもわかる強い視線に透子は少し気後れした。

「ここの上には寂れた神社と民家しかないし、観光地じゃない。どこへ行くの？」

戸惑う透子に構わないのか、気付かないのか。

少年は足取りも軽やかに透子に並んできて、再度質問した。

「上に行ってもろくなものは見えない。ＳＮＳ映えとかもしないよ」

どうやら少年は透子を、観光客と勘違いしているらしい。

ふらふらとしながらボストンバッグを抱える透子を怪しんで、声をかけてきたのだろう。

少年の目つきは鋭いけれど、涼し気という形容詞がぴったりで怖い感じではない。

祖母が生きていたら「さすが都会の子はアイドルみたいにかっこいいね」と騒ぎそうな、爽やかな容貌の男の子だった。

「ち、違います。観光じゃなくて」

「観光じゃない？」

少年が眉根を寄せる。視線の強さにたじろぎそうになったけれど、透子は腹に力を込めて、言った。後ろには毛玉がひょこひょことついてきて、にぎやかになっている。

（ア！　アタラシイコ！）

（ネエミエテル？　アソンデアソンデー）

足元に絡みつこうとする毛玉をさりげない風を装ってよけながら、透子は頷《うなず》いた。

「この石段の上の神坂さんのおうちに用事があるんです」

「神坂の家？　なんで」

少年は意外そうに目を瞠《みは》った。

神坂の家、というからにはこの家の主《あるじ》と知り合いなのかもしれない。

「その荷物なに？」

なんとなく気圧《けお》されて、透子は一歩下がる。

「全財産……みたいな」

「全……財産？　なんでそんなものを持ち歩いているの？　しかも初対面の人間にそんなことは、明かさない方がいいと思うけど……」

確かにそうだ。

反省して縮こまった透子を少年が呆《あき》れたように見るので、慌てて言い訳する。

「お金とかが入っているわけではないんです。私以外の人には価値がないものだから……」

透子はもごもごと言い訳した。

「きょ、今日から神坂さんのおうちでご厄介になるんです。だから……その」

「ゴヤッカイ？」

古めかしい言い回しだったからか、少年にはピンとこなかったらしい。

「下宿、をさせていただく予定なんです」

少年は透子から距離をとり爪先《つまさき》から頭までを眺めて、ややあって、深く深くため息をついた。

「……あんの、くそ野郎。肝心なところ言ってなかったたな！」

少年が急にぞんざいな口調になったので透子は驚く。

彼は小さく舌打ちすると、透子を見た。手を伸ばして、「ん」と顎で促した。

「……え？」

「荷物貸して。俺も上に行くし」

「……あ、の……」

「いいから。あんなにふらふら階段歩いて怪我《けが》とかされたら、迷惑だろ」

迷惑、という言葉にびくりと透子は肩を震わせた。

少年はそれには気付かずに、手慣れた動作で透子からボストンバッグをはぎとると肩に担いで、軽やかに歩き出す。透子からすっかり興味を失った毛玉三匹が足にまとわりつくのを少年は見えていないのか、気づく様子はない。

驚いた透子は少年の背中に声をかける。

「ま、待って」

慌てて透子が小走りで追いかけると、少年は一度止まって……透子が後ろについてくるのを確認してからまたゆったりとした歩調で階段を上り始めた。

一段後ろを歩きながら、さすがに透子は気づいた。

——私に合わせて、速度を落としてくれたんだ。透子は申し訳なさと驚きで、姿勢のいい背中を見つめつつ少年の後を追う。石段の両脇に植えられた木々の間を風が縫うように走って、さやさやと葉擦れの音が落ちてくる。

音に合わせて葉の形をした影が揺れる。

蟬《せみ》の声が何重にも聞こえてくるのに、不思議と二人で歩く時間は静謐《せいひつ》だ。

石段の半分まではひどく重かった足取りが、残り半分は嘘のように軽かった。

頂上が近づいてくると少年は一気に駆け上がって透子を見下ろした。

「神社に来たんだろ？　だったらこっちだ」

綺麗《きれい》な顔をした少年は透子を色素の薄い目で見下ろすと、来い、というように踵《きびす》をかえす。透子は慌てて追いかけた。

「……あ、の……」

最後まで上り終えると、途端に視界が開けて、蟬の鳴き声が止んだ。

想像していたよりも大きな神社のお堂が目の前に現れた。

真正面には古びているけれどもきれいな社殿があって、それは「今は常駐の禰宜《ねぎ》もいないし、廃墟《はいきょ》って陰口叩《たた》かれている」などと神坂が言っていたようなわびしい場所には全く見えなかった。

透子はきょろきょろとあたりを見回した。

社殿の左奥に五台は止められそうな広めの駐車場とおそらく下の街へ続く舗装された道路への合流口があり、駐車場の向こうには整備された垣根に覆われた、二階建ての小さくはない日本家屋があるのが視界に入った。あれが神坂の家だと思われる。

「ここです！」

送ってくれた少年に透子は声をかけた。

「私が今日からお世話になるの、あそこのお家《うち》だと思うんです。だから、ここまでで」

――大丈夫ですと言いかけた透子の言葉を少年は遮り、ボストンバッグを担いだまま振り返る。

「……芦屋さん？」

名前を呼ばれたことに気付くのに数秒かかった。

この少年に名乗っただろうか？　と目を丸くし、驚きつつも、こくこくと頷く。

「あ、芦屋です。芦屋透子」

「――やっぱりな！」

少年は盛大に舌打ちをして空を仰いだ。

「あの野郎大事なとこ、わざとぼかしたな」

何か悪いことをしてしまっただろうか、と青くなった透子を見て少年は気まずそうに、違う違う、と手を振った。

「千瑛から……芦屋さんが今日くるって事は聞いていたんだ。……案内するから、うちに入って」

「……うちって――あっ！」

透子は目をぱちくりとさせた。家屋の玄関を指差す少年に透子はさすがに……気付いた。

千瑛からきいてすっかり勘違いしていたのだ。一緒に住むのは「親戚の女の子」だ、と。

それは「ちひろちゃん」も同じだったらしい。

「芦屋さんの親戚で、同い年の…神坂千尋《ちひろ》です。どうぞよろしく」

透子は愕然《がくぜん》として、ぺこりと頭をさげた「ちひろちゃん」を見つめた。

第二章　神坂家

　まさか「ちひろちゃん」が女の子じゃなくて男の子だとは思わなかった。

「ちひろちゃん、じゃなくて……えっ……同い年の……女の子……あっ、ごめんなさい、私、本当に勘違いして……っ」

「あのヤロ……。男です。ごめんな。とりあえず暑いし家の中にどうぞ」

　唖然《あぜん》とする透子《とうこ》を千尋《ちひろ》が促す。我に返った透子は慌てて彼の後を追う。

「ただいま、佳乃《よしの》さん」

　千尋が礼儀正しく呼びかけるといかにも和風美人と言った風情の五十前後の着物姿の女性が顔を出してくれた。

　透子は頭を下げる。

　彼女とは神坂《かんざか》千瑛《ちあき》がつないでくれた通話アプリで、一度挨拶をしたことがあった。

「あの、初めまして。芦屋《あしや》透子です。」

「――わあ、透子ちゃんいらっしゃい！」

　明るく出迎えてくれて、透子はほっと息を吐いた。

「近くで見ると、ますますお母さんにそっくりねえ。ようこそいらっしゃいました。荷物はどこ？　あ、ちーちゃん持ってきてくれたのね？」

「ちーちゃんって呼ぶの、やめてって」

タクシーの運転手さんと言い、この爽やかな男の子は「ちゃん」付けされやすいらしい。

千尋が渋面になり、佳乃さんと呼ばれた上品な女性は「しまった」と口元に指を添えた。

二人がどういう関係なのかわからないがどうも親子ではなさそうだ。

「ごめんねえ、千瑛くんが仕事でお迎えにいけなくて。でも千尋くんと合流できてよかったわ。あ、透子ちゃん、お昼ご飯食べた？」

「まだです」

「よかった。今からお素麵《そうめん》を茹《ゆ》でるところやし、千尋くん、透子ちゃんにうちの中案内してあげて」

「え、俺？」

「あなた以外にいないでしょう、ほら、早く」

促されて、千尋は小さくため息をついたが大人しく従った。

神坂家は、外見は古い家だったが中に入るとリフォームがされているのか意外なほどに真新しかった。小上がりになった玄関で靴を脱ぐと正面に広い座敷《ざしき》がある。

祖母と住んでいた家の三倍はありそうな広さだ。

右手には神棚を祀《まつ》った部屋があり、部屋の上にかかるように梯子《はしご》状の階段がある。

左手には廊下があって、その奥は台所があるのか、佳乃は後でね、と廊下の向こうに消えていった。千尋と取り残されて透子が困っていると、くるりと振り返った千尋が、持っていたショルダーバッグから何かを取り出して透子の眼前で揺らす。

「これ、鍵」

「……え？」

猫のキーホルダーにつけられた二つの鍵を渡されて透子は戸惑う。

「千瑛に『芦屋くん』が来たら渡すように言われていたんだ。大きいのが家の鍵で、ちっちゃい方が、部屋の鍵」

千尋が階段の上を指差す。

少し急こう配な階段を上ると、幅一メートルくらいの廊下があって突き当たりに扉があった。促されるまま解錠して部屋に足を踏み入れ、透子は「わあ」と感嘆した。

「芦屋さんの部屋」

「ここ、私の部屋にしていいんです、か？　広い……！　すごい……」

「普通じゃない？　八畳くらいだし」

外観が日本家屋だからてっきり畳の部屋だろうと予測していたのに、シンプルな長方形の部屋は白い壁紙と柔らかな木目のフローリング床に囲まれた洋風仕様だった。

南向きの壁には四面の窓があって、窓からのぞけば石階段の向こう側の街までが一望出来る。ＳＮＳ映えとかもしない、と千尋は言っていたけれどそんなことはない。控えめに言って絶景だ。

しかも部屋には驚くことにミニキッチンと、洗面台、シャワールームまで付属していた。

「この家、昔は……っていうか神社も二年前までは専門の禰宜《ねぎ》がいたんだ。今は正月とか行事の時くらいしか稼働してないけど。だから下宿する人用にいろいろ揃《そろ》っている。基本的にご飯も一緒に食べると思うし、風呂も俺らと同じ湯使う――嫌な時はこっちを使って。トイレは下のリビングの隣」

「はい、ありがとうございます！」

千尋は喜ぶ透子にちょっと微妙な顔をした。

「神棚の上だけど、気にしない？」

「ひょっとして何か出るんですか？」

「家の中には出ない。そういうものの上の部屋って普通の人は嫌がるかなって」

家の中は、という物言いに多少ひっかかりながら……透子はさきほどの毛玉を思い出した。石階段のあたりには、ああいったものが、よく出るのだろうか？

そして千尋にも毛玉は見えていたのだろうか。

「荷物、ここに置いていい？」

「あっ、荷物を持たせたままでごめんなさい」

ボストンバッグを背負ったままだった千尋に慌てて謝ると、千尋は奇妙な顔をしながら入り口の横にバッグを置いた。

「それ、癖？」

「え？」

「……いや、なんでもない」

なんだろう、と透子が首を傾《かし》げた時、「なぉん……」という小さな声が扉からしはじめた。

どちらかと言えば今まで無表情だった千尋少年は声の主を認めて、ふ、と表情をやわらげた。綺麗な顔をした少年の甘い表情に、透子はちょっと見惚《みほ》れてしまった。

「……さっき言ったの、嘘《うそ》」

「うそ？」

「なんも出ないって言ったのが、嘘。こいつが出る」

千尋はちょっとぽっちゃりとした三毛猫を抱き上げると両手で大切そうに抱いて、ふくふくとした耳と耳の間に顎をうずめるようにして抱きしめた。

気持ちよさげにひくひくと髭《ひげ》を震わせて、「なぉん」と三毛猫が鳴く。

「猫ちゃんを、飼っているんですか？」

「うん。小町《こまち》って名前なんだ。芦屋さんは猫って平気？」

「すごく好きです。飼っていたことはないけど」

「じゃあ、こいつが扉の前で鳴いていたら部屋にいれてやって。この部屋を自分の住処《すみか》だと思っているから」

三毛猫の小町は、透子が来ることで部屋を奪われてしまったらしい。ごめんね、と手を伸ばすと、三毛猫は不機嫌そうにシャアーと毛を逆立てて威嚇する。

触れるのを拒否されたので透子はがっかりした。

「こいつ、人見知りだから。すぐなれるよ」

千尋はこっち、と再び階段から降りて猫を抱えたまま透子に家の中を案内してくれた。

台所の奥には広いリビングと水回りがあり、さらに奥には二間続きの書斎と和室があって、そこが主に千瑛の居室なのだと言う。

リビングから階段で続く二階には二部屋あって、そのうちの一部屋が千尋の部屋らしい。

案内が終わると、ちょうど「お素麺できたわよ」と佳乃が声をかけてくれた。透子は慌てて部屋に戻ってボストンバッグの中にしまっていたお土産を出した。

「あ、あの遅くなってすいませんでした。あらためましてお世話になります」

「まあ、まあ！　ご丁寧に！　お羊羹《ようかん》、あとで、皆でいただきましょうねえ」

佳乃は笑顔で受け取って棚に保管している。

喜んでもらえたようなので、透子は一応、ほっとした。

隣にいた千尋が、低い声で聞いた。

「千瑛のやつ、俺の事を芦屋さんになんて説明していたの?」

「……その。ちひろちゃん、っていう同い年の子がいる、って……」

千尋はチッと舌打ちをした。

「だと思った！　俺が男ってことを意図的に黙っていやがったな、あいつ」

驚いたけれど、透子は別に嫌ではない。

どちらかといえば新しい部屋と新生活へのわくわくした気持ちが勝る。

だが、たしかに、千尋にしてみれば、見知らぬ人間がいきなり下宿して来て、しかもそれが同い年の異性……と言うのは嫌なことだろう。

申し訳ない選択をしてしまった、と胸が痛い。

誰にも迷惑をかけないつもりでここに来たと言うのに。

「ご、ごめんなさい。私、よく確認をしていなくて」

「謝るなよ。べつに芦屋さんが悪いわけじゃ……」

強い口調で言われて、透子はしゅん、となる。

それに気づいたのか、千尋は小さくため息をついただけで矛をおさめた。

「……いいけど。俺も透《とおる》っていう名前の男の子が来ると思っていたし。……俺は朝早く家出て、夜は帰ってくるのが遅いし、顔合わせないだろ。そもそも俺は芦屋さんと同じ居候だから、あんまり気にしなくていいよ。ここは千瑛の家だし」

「そう、なんですか？　あ、あの……お二人は従兄弟《いとこ》、ですよね？」

「うん。だけど俺は実家が学校から遠いから、中学の時からこの家に居候しているだけなんだ。居候同士どうぞよろしく。気ぃつかわなくていいよ。同い年だし、遠いとはいえ一応親戚だし」

「……はい、よろしくお願いします」

透子が頭を下げた所で「ただいまー」という呑気《のんき》な声が聞こえてきた。

神坂千瑛の声だ。

「なぉん」と千尋の腕の中にいた小町が一声鳴く。

千尋は半眼になって足音高く玄関に行くと、従兄を大声で怒鳴りながら出迎えた。

「ばか千瑛っ！　どういうことか説明しろ。この状況なんなんだよ。透くんじゃなくて透子ちゃんじゃないかっ」

「説明……って？　あーっ！　透子ちゃんいらっしゃい！」

千尋につられたからか、神坂……、千瑛も透子ちゃん呼びになっている。

「あ、千瑛さん、お邪魔しています。というか、厚かましく、本日からお邪魔いたします、ごめんなさい」

千瑛はサングラスを外した。

紫外線が目にきついので、いつもサングラスをしているというのは本当のようだ。

「そんな畏《かしこ》まらなくたっていいよ。待っていたんだから！　ごめんね、迎えにいけなくて。あ、部屋は見たかな？」

「あ、その……、案内してもらいました」

千尋くん、と名前を呼んでもいいのかわからずに、透子は左手で千尋を示す。

千瑛はへらりと千尋に微笑《ほほえ》みかけた。

「そっかー、千尋、仲良くなった？」

「仲良くなった〜、じゃねえ！　こんの、馬鹿千瑛！　俺にも芦屋さんにもわざと性別の事を言わなかったな？」

「え？　僕、伝えていなかったっけ？」

「わざとらしい……」

「あは。千尋に反対されたら怖いなあと思って」

千瑛が俳優顔負けのさわやかな笑顔でとぼけたので、千尋の眉間に皺《しわ》が寄った。

「反対なんかしない。俺も居候だし」

「あ、そお？　じゃあよかった」

喧嘩《けんか》がはじまるのではないか、と透子が少しばかりハラハラしたとき、佳乃が二人の間に割って入った。

「喧嘩はお昼ご飯食べてからにしてちょうだいな」

従兄弟達は、我に返ったようにそそくさとリビングに移動する。

透子がぽかんと見送っていると、佳乃が口元に手をあてて笑った。

「あの二人の口喧嘩はじゃれあいみたいなものだから、気にしないでええのよ。ご飯食べたらけろりと忘れるわ」

語尾がくだけて気安い感じになる。佳乃は関西の人なのかもしれない。大体標準語でしゃべっているが、さっきから時折語尾が変化する。

「透子ちゃんもお食事にしましょうねえ」

透子は緊張しながらも、三人と食事を共にした。

透子に一緒に暮らそうと言ってくれた神坂千瑛は二十代後半。透子の母、真澄《ますみ》のはとこにあたる。佳乃も親戚の人らしい。千尋を含めた三人ともどこか品があり、しっかりとした家の出だからなのか、食べ方もとても綺麗《きれい》だ。お箸の持ち方は祖母から厳しく躾《しつけ》られていてよかったな、と透子は緊張しつつ箸を進める。

千尋と千瑛のちょっとした言い争いはあったけれど、一日は和やかに過ぎ透子は自室でゆっくりと身体《からだ》を休める。

家具がまだない透子のために佳乃が準備してくれた布団はふかふかで寝心地が素晴らし

く良かったというのに、翌朝、透子は寝苦しさで目を覚ました。

寝ぼけ眼《まなこ》で「お、重い……」と呻《うめ》くと、「なーぉ」と可愛《かわい》らしい声がする。

「小町ちゃん？」

「なぉーん」

半身を起こしてみれば三毛猫がまったりと透子の上に乗っている。

「おはよう、起こしに来てくれたの？」

「なーぉ」

鍵は閉めていたのに、どこから入ってきたんだろうと訝《いぶか》しんだが、部屋の扉の下方には僅かな隙間がある。そこから忍び込んできたらしい。

「そっか、ここは元々、小町ちゃんのお部屋だもんね？」

「にゃっ」

そうだ、と言わんばかりに猫は短く返事をした。

「……私も、居ていいかな？」

よしよし、とふかふかの額を撫《な》でると小町は嫌がるように顔を逸《そ》らす。

それればかりか、タタッと駆け出すと——暑さ対策に開け放っていた窓からぴょん、と飛び降りてしまった。

「えっ、小町ちゃん！　待って」

透子は跳ね起きるとパジャマ代わりのTシャツの上に薄手のパーカーを羽織って、慌てて階段を駆け下りる。透子は玄関で作務衣《さむえ》姿の千瑛に出くわした。

「おはよう、透子ちゃん、よく眠れた？」

「おはようございますっ！　千瑛さん、よく眠れました！　あ、あ、でもごめんなさい！　小町ちゃんが私のせいで逃げたので、……あのっ、私捜してきますっ」

透子は駆け出していく。

「あっ、透子ちゃん、まっ……てー……って。意外に足が速いなあ」

引き留めようとした千瑛の声は、動揺している透子には聞こえない。

駐車場や私道、神社の本殿の裏や軒下をくまなく捜してにゃおにゃおと鳴き真似《まね》をして呼んでみたけれども、小町はみつからない。

もしも車に撥《は》ねられでもしたら、どうしよう。半泣きで長い石階段の方角へ駆けていくと、下から千尋が駆けあがってくる。早朝のランニングを終えたところだったのか、首筋に汗が光っている。

「……おはよ」

「あ、お、おはようございます」

「慌てているけど、どうかした？」

「こっ、小町ちゃんが、起こしに来てくれたんだけど、部屋から逃げてしまって！　わ、私が窓を開けっぱなしにしていたから……！　車に轢《ひ》かれたらどうしようっ」

半分泣きそうな声で言うと、千尋は、「ああ」と気のない返事をした。

それから神社の本殿に向かってよく通る声で呼びかけた。

「小町ー、こっちおいで」

千尋が呼び掛けた方角に透子が勢いよく振り向くと、神社の屋根の上にいたらしい小町が、軽快な動きで石畳の上に着地した。

「にゃー」

「小町、おはよ」

透子がいくら呼んでも現れなかった猫は、千尋の呼びかけひとつで涼しい顔で現れた。

「よ、よかった」

透子はその場でへたり込む。

高校では図書部というほぼ帰宅部に所属していた透子なので、日常の中に「走る」という選択肢はあまり用意されていない。ぜえぜえと息を切らしていると、千尋は小町の両脇をかかえながら、こら、と優しく頭突きした。

昨日会ったばかりの透子には素っ気ない態度の千尋だが、小町に対してはひどく優しい表情をする。

「小町、人をからかっちゃ駄目だぞ」

「にゃっ」

小町がお行儀よく返事をする。まるで、人間の言葉がわかっているんじゃないかと言うような狙いすましたタイミングだ。

透子が脱力していると、千尋は小町を抱きかかえながらこちらを見た。

「小町、元々野良だから。家の中だけじゃなくて、神社の境内を自由にうろうろしているんだ。逃げても気にしなくていい」

「……そうなんだ」

「新入りを困らせてみたかったんじゃないか？　な、小町？」

「にゃー」

小町は可愛らしく鳴いて、そうなの、と言わんばかりにちらりと透子を見て、見せつけるみたいに千尋の肩に顔をうずめた。ひょっとして敵視されているんだろうか、と透子は少しばかり肩を落とした。

飼ったことはないが、猫は好きだから、懐いてくれたらいいなと思っていたのに。

「それより、ごめんなさい。あの……ランニングを邪魔したんじゃない、ですか」

千尋の色素の薄い瞳がじっと透子を見た。

なんだろう、と思っていると千尋はむずかる小町を「はい」と透子に渡しながら言った。

「……昨日も思ったけど、それって口癖？」

「え？」

「すぐ謝るの」

透子は口元を押さえた。

「別に悪いことしてないんだから、謝る必要ないだろ？」

ごめ……と言いそうになって、慌てて呑《の》み込む。

「言葉が軽くなる。悪いことをしたわけでもないのに簡単に謝んない方がいいと思う」

千尋は怒っている風でも、不快に思っている様子でもなかった。

透子は何と言っていいものかわからず、唇を噛《か》む。人には見えないものが見えることが周囲にばれて噂《うわさ》になって。地元では怪異が起こるたびに陰口を叩《たた》かれ、責められれば否定より先に謝る癖がついてしまった。

『あんたが悪いわけじゃないんやけん、卑屈になったらいけんよ』

……存命中の祖母から何度か悲しそうに言われたことがある。

気を付けると約束したのに、すっかり卑屈になっていたらしい。透子は萎《しお》れそうになった心を、無理やり奮い立たせた。

今までのままでいるのなら、地元を離れた意味がない。

「ごめ……じゃない、気をつけ、ます」

「ん、そうして」

ぎゅ、と唇を噛んでから決意表明をした透子に千尋はちょっと笑う。

きりっとした顔つきだから、近寄りがたい印象を受けるが、笑うと途端に優しくなる。

千尋くんは、かっこいいし、背も高いし……、さぞやもてるんだろうな、とちょっと赤面しながら透子は目を逸らす。笑顔が罪作りだ。

透子の心の動きに抗議するように小町が「にゃっ！」と鳴いて、透子の腕をすり抜けて家に戻ってしまう。

「……逃げられちゃった」

「すぐに懐くよ。今朝も起こしに行っていたんだろ？　小町」

「そうなんです。ふわふわの額も触らせてくれて……」

「同い年だしタメ語でいいよ」

千尋が笑って指摘する。

「俺もそうするし。芦屋さん、誕生日いつ？」

「あ、し、しがつ」

「じゃあ俺より年上じゃん。俺は十二月だし、クリスマス生まれなんだ」

「そうなんだ！　神社に住んでいるのにね」

面白がると、千尋は「よく言われる」と肩を竦《すく》めた。

「クリスマスと誕生日が重なるから、プレゼントは豪華になるね」

「……かな」

一瞬、千尋の表情が曇ったような気がするけれど、気のせいだろうか。

千尋が透子を促し、二人で世間話をしながら家に戻る。

「佳乃さんが朝ごはん用意してくれていると思うけど……、芦屋さん、料理って得意？」

「味は自信がないけど祖母と二人暮らしの時は、朝ごはんは私の担当だったよ」

「よかった。うち、朝食は週替わりの当番なんだ。夕飯は佳乃さんが作ってくれるけど」

「へえ！　千尋くん……も作るの？」

「俺の当番の時は、食パンと茹《ゆ》で卵と牛乳。昼は学食。朝食は食えればいいからずっとそのメニューにしているんだけど、千瑛が毎回文句を言ってくる……芦屋さんは、それでいい？」

「うん。朝食に特にこだわりはないかな」

「んじゃ、来週もそれで行くから文句なしな」

透子は千尋の言葉に少しだけほっとした。

今のところ欠点の見当たらないこの少年が料理まで得意だったら、かろうじて年上らしい透子には立つ瀬がない。

お世話になる分、朝食当番はがんばろう、と心に決める。

佳乃が作ってくれた朝食は水菜のおひたしと卵焼き、みそ汁とご飯だった。

ご飯は梅干しとささみの炊き込みご飯で、ほかほかのご飯の上にネギが散らしてある。甘じょっぱくて、美味《おい》しい味だ。

朝食を食べ終わると千瑛は「はい」と透子に四角い箱を渡してくれた。箱をあけて出てきた携帯端末に透子は目を丸くした。

「え！　これって……」

今まで携帯端末を持ったことがなかったのでびっくりした。

「高校生なら必要でしょ？」

「でも、お金……」

「大丈夫。格安スマホだし、ギガ数少ないから。高校生なら持っていた方が便利だし、僕も安心だからね」

透子は頷《うなず》いた。ちょっと嬉《うれ》しい。

千瑛はいくつかのアプリをダウンロードしてくれて、いつの間に聞いていたのかすみれのアドレスも登録してくれた。意外にも電子端末を使いこなしている佳乃から、透子は色々と教わることになった。娘さんとお孫さんとやりとりをするらしい。

「若いからすぐに覚えると思うわ。

「ありがとうございます」

「お礼は言わんでよろし。――学校帰りにお使い頼みたいだけやから」

冗談めかしていわれて、透子はうふふ、と笑った。

佳乃は祖母より二十歳以上年下だが祖母とのやりとりを思い出して嬉しい。

「千瑛君とちーちゃんが帰ってくるまでに、お部屋の模様替えしようか」

と佳乃に言われて二人でこまごまとした物を買いに行く。――車窓から海が見えて、透子は物珍しさに目を細めた。暮らしていたのは福岡の南だったから大きな川はあっても海は珍しい。

「もう少しはやく来たら、みんなで海水浴もいけたのにねえ」

それはちょっと恥ずかしいです、と透子は首を横に振った。今日は千瑛も千尋も二人とも家にいない。千瑛は仕事だし、千尋は夏休みの平日は、野球部の練習で忙しいのだ。

「千尋くんが中学に上がる頃に、千瑛くんと一緒に暮らしはじめたんやけどねえ、その頃は二人とも家事能力が皆無で。あんまり心配やから一緒に住むようにしたのよ」

佳乃の旧姓も神坂で、二人とは遠縁。ちょうど子育てもひと段落して仕事をやめてぶらぶらしていた、というのは本人談だが、二人の世話役として一緒に住み込むことになったのだという。

「寮母さんみたいなものかしらね。ちゃんとバイト代も貰《もら》っているのよ」

佳乃は朗らかに笑った。

佳乃さんは平日神社にいて、土日は娘さん夫婦のいる麓のおうちに帰っているらしい。

「そうなんですね」

心細さを滲《にじ》ませてしまった透子に、佳乃は明るく笑った。

「透子ちゃんが来たから、しばらくはずっといますよ。安心してちょうだい」

「……はい、安心です。ごめ……じゃなくて、ありがとうございます」

千尋の指摘を思い出しながら透子がいいなおすと、佳乃は、あら？　と何か気付いた風だったがそれ以上は何も言わずに、「神坂の家の御当番」についていろいろと教えてくれた。

千瑛も千尋もこの家で暮らし始める四年前までは全く家事ができなかったので、彼らを鍛えるべく掃除、洗濯、炊事と細かく当番が決まっているらしい。

「お洗濯だけは男女でわけようね」

微笑《ほほえ》まれて、透子はお願いします、と頭を下げた。

当番の「掃除」の中には神社の清掃もふくまれていて、「せっかくだから」と透子は拝殿の掃除を申し出てみた。

今日は何もすることがないのだし。

床板の端から端までせっせと雑巾がけを終える頃には正午を過ぎていた。

小休止して拝殿の中をあれこれ観察してみる。神社の中にはいるのは、透子は初めてだ。

「神社の鏡って、やっぱり人が映らないようになっているのね」

変な事に感心しつつ透子は、あ、と声をあげた。肩にかけていたポシェットから母の形見になってしまった小さな手鏡をとりだす。

手鏡の裏面には尖《とが》った葉が二枚折り重なった紋章が刻印されているのだが、拝殿の鏡にも同じ紋章がある。

「……神社の紋だったんだ……」

母の面影を感じて透子は嘆息した。

母は確かに神坂の家の人で、ちゃんとここにもいたことがあるのだ、とじんわり嬉しくなる。星護《ほしもり》神社に祀《まつ》られているのは神坂のご先祖様なんだよ、と千瑛は教えてくれた。

神坂は昔は「かみざかい」の民と自称していたという。

人間と人ならざるモノ。その境にいる、神の子孫の境の民たちという意味で、それがいつか転じて「かみさか」を名乗るようになったのだと。

(──神坂の一族の多くが、透子ちゃんみたいに、人じゃないモノをみることができる。僕もそういう悪いモノが引き起こす怪異を解決する仕事をしているんだけど)

「今度ちゃんと説明するよ」と千瑛は笑っていた。

ただ、「高校に通う間は何も気にせずに神社にいてくれるだけでいいのだ」と千瑛は言い、神坂の「本家」もそう思っているのだと。だから透子の生活費諸々《もろもろ》は、はじめ千瑛が全額出してくれると言ったがさすがに透子は固辞した。

「じゃあ、仕方ないね」

と五万円だけ毎月引き落としてもらうことにした。

それだって破格の待遇だと思うのだが、千瑛は「うちの神坂の家は真澄さんにも透子ちゃんにも支援ができなくて、その罪滅ぼしなんだよ」と言いくるめられてしまった。

「本家ってどんな人たちなんだろう？」

興味は湧くが、いきなり田舎から出てきた高校生が挨拶に伺っては迷惑だろう。

「いつか、御礼《おれい》に行けたらいいな」

透子は拝殿の掃除を終えて他にお手伝いすることはないかと母屋へ戻っていった。

ちょうど佳乃は家にかかってきた電話の応対中のようだった。

ピンポン、と玄関から可愛《かわい》らしい呼び出し音が鳴り、透子は一瞬迷ったが宅配便か何かなら自分でも受け取れるだろう、と顔を出した。

「――あの、こちら神坂千瑛先生のお宅ですか？」

「はい」

「私、浜平《はまひら》と申します。千瑛先生はご在宅でしょうか。お約束の時間より早く来てしまったのですが」

玄関にいたのはスーツ姿の、五十前後の男性だった。

きれいに髪を撫《な》で付けていて、黒縁のメガネ。銀行員とか公務員とか自己紹介されたらぴったりですねと頷いてしまいそうな真面目な雰囲気の人だった。

千瑛は何時に戻る予定だったろうか、と透子が考えていると、彼の足元に、「なおーん」と長く鳴きながら三毛猫が移動する。

「小町ちゃん」

小町は盛んに鳴いて透子に訴えかけてくる。猫の言葉はわからないので、どうしたものかと思っていると、ちょうど部活の練習から千尋が戻ってきた。

「何か御用ですか？」

「千尋くん。あの、この方千瑛さんを訪ねてこられたの」

「千尋くん！　じゃあ君が真千《まさかず》先生の息子さんだね？　お父上にはいつもお世話になっているんです！」

浜平と名乗った男性の表情が明るくなり、対照的に千尋の顔が曇った。

「私の娘が神隠しにあったことについて、千瑛先生にご相談をしていたんだ。……君も何かわからないかな？　君も神坂なんだろう、だったら何か感じないだろうか」

千尋は小町を抱き上げて、男性と距離を取ると硬い口調で男性の懇願を切り捨てた。

「俺は何もわかりません。何も見えないので」

電話を終えた佳乃が慌てて玄関まで小走りにやってきて、浜平を客間に通すと千尋に財布を押し付けた。

「私がお相手するから、二人でお菓子を買ってきて頂戴。あづま庵《あん》さんでね」

「……わかった」

「透子ちゃんも一緒に」

「あ、はい」

追い出されるみたいにして背中を押される。

透子は足早に歩く千尋を追いかけた。

小町を抱えたまま千尋は石段を降りていき、ついてきた透子を振り返った。

「俺一人で大丈夫だけど。結構あづま庵遠いぞ。歩いて三十分ないくらい」

「街を探検してみたいし、ついて行ってもいい？」

いいよ、と千尋がうなずき、小町がニャーと鳴いて賛同してくれる。

石段を降りかけて、透子はギョッと立ち尽くした。

昨日、足元に纏《まと》わりついていた毛玉がサッカーボールくらいの大きさになって、ぽふぽふと石段を跳ねている。

（キタキタ！）

（オヒメサマキタ、オヒメサマ。アソボウアソボウ）

どうして、大きくなっているんだろう。

そして神社の境内にはともかく、石段にはこういうものがやっぱりいるんだ、と透子は少し絶望的な気持ちになった。千尋が不審げに立ち止まって、それから「にゃあにゃあ」と盛んに鳴く小町を見てから、ちょっとため息をついた。

「はい」

手を差し出されて反射的に握り返すと千尋は透子を先導して降りていく。

「なんか、居るんだろ」

「……う、うん。変な毛玉が三ついるの」

透子は毛玉を見ないようにすり抜けて小声で言った。さりげなく手を離した千尋の手を目線で追いながら聞いてみた

「……千瑛が芦屋さんは見鬼《けんき》だって言っていたけど、本当にそうなんだな」

人には見えないものを見る能力の事を「見鬼」というらしい。

「千尋くん、は……毛玉が見える？」

千尋は肩を竦《すく》めた。

「俺は……たまにぼんやり、なんかいるかもなって感じるだけ。何も見えない。神坂の人間なのに、才能ないんだ」

その言い方に何か引っかかりを覚えたが、透子に構わず、千尋は明るく続けた。

「あづま俺って、俺の野球部の友達の菓子屋なんだ。紹介しとく」

「ありがとう」

部活が一緒の子だというので千尋のような男子部員を想像したが、あづま庵で二人を迎えてくれたのはショートカットの女の子だった。

愛想よく出迎えてくれた女の子が、不思議そうにこちらを窺《うかが》うので透子は軽く会釈する。

「千尋、いらっしゃい。おつかい？」

「お客さんが来たから佳乃さんに菓子を買って来いって言われた。適当に包んで」

「了解」

手際良く包装と会計を済ませてくれた女の子はにこやかに挨拶してくれた。

「はい、どーぞ。あ、私は吾妻陽菜《あづまひな》です。千尋の同級生」

「芦屋透子です、あの！　よろしくお願いします。たぶん、同じ高校になると思います」

日に焼けた陽菜は健康的な笑顔で、ニコ、と微笑む。

「この美少女が千尋と一緒に暮らす、芦屋さんってこと？」

陽菜のお道化た物言いに、千尋がそーだよとあっさり頷《うなず》いた。

「透くんっていう名前の、親戚の男の子って言ってなかった？　女の子だったとはねー」

「うるせえ……千瑛が適当な事言ったんだよ。親戚ってとこは合っている」

どうやら、千瑛が千尋に透子を男の子だと説明していたらしい。透子は何だか非常に申し訳なくなってしまったが、陽菜は千尋と透子を見比べて、なにやら実に楽しげだった。

「新学期から、もしも同じクラスだったらよろしく」

「はい」

「うちのお菓子美味《おい》しいから、食べて感想教えてね」

「あ、ありがとう」

「甘い物好き？」

感じのいい子だなと透子は思った。同世代の女の子から好意的に話しかけられて、言葉を返すのはなんだか数年ぶりな気がして透子はどぎまぎとしながら、頷いた。

「う、うん……和菓子が好きで……」

本当？　と陽菜は声をあげた。

「和菓子好き？　ねえ、ひょっとして芦屋さんは夏休みの残りって暇？　もしよかったらうちでバイトしない？　和菓子の販売だけだから暇だよ！　夏休みは結構時給はずむし」

陽菜の申し出に透子と千尋は顔を見合わせた。なんでも夏休みの間のバイトをしてくれる予定だった大学生と急に連絡がとれなくなったのだとか。

「ドタキャンされて困っているんだ」

高校が始まるまでの四週間、確かに透子は暇だ。ピンチヒッターとして陽菜が入ってはいるものの、彼女は部活も生徒会もあって、全部は入れないらしい。

「高校の子も会いに来るし、プレ高校生活にうってつけの場所だよー！」

「なんだそれ」

千尋は呆《あき》れたが透子にとっては悪い話ではない。「考えておくね」と伝えると彼女は「やった！」と小さく手を打ってくれて携帯の連絡先まで交換してしまった。

千瑛、佳乃、すみれ――それから、陽菜。

透子は四つに増えた連絡先を眺めてドキドキとした――なんだか普通の高校生みたいだ。

陽菜は、じゃあね、と店の外まで見送ってくれる。

「私、神社の手伝いもちゃんとするからバイトしたらだめかな？」

透子の質問に、千尋はお菓子の袋を持ちながら苦笑した。

「神社は暇だろ。――でもバイトなんか、無理してやらなくていいと思うけど」

「ううん。販売のバイトなら地元でもやったことあるの」

「……いいんじゃないか。陽菜はいい奴だし」

この街に慣れるために、いい提案かもしれない。二人で玄関をくぐる。

「佳乃さん、お菓子買ってきました……」

「この！　若造がっ」

二人が引き戸を開けると先程の客人が大声で怒鳴っているところだった。

大人の男性の怒鳴り声なんて聞いたことがなかった透子はびくりと肩を震わせる。

「馬鹿にするにもほどがある！　うちの娘は神隠しにあったんだ！　断じて家出なんかではない、しかも、男なんかと一緒にいるわけがないっ！」

男の視線の先には千瑛がいる。どうやら透子と千尋が家をでて、入れ違いに帰ってきたようだ。男性のあまりの剣幕に千尋と透子は驚いて玄関先で固まった。

「そう言われてもねえ。――ちゃんと証拠写真もあるので……持って帰られます？」

千瑛が写真をヒラヒラさせながらのんびりと言うと男性は写真を破り、目を吊《つ》り上げた。

佳乃は「困ったわ」とのほほんと男二人を眺めてから、「お帰り」と二人を迎えた。

「千瑛、あの人に何を言ったの？　すごく怒っているけど」

あづま庵の包みを受け取りながら佳乃が可愛らしく舌を出した。

「あの人の娘さんが突然いなくなった、鬼に攫《さら》われたはずだから、調べてくれっていうから、どうも千瑛さんが調べていたみたいなんやけど……」

「鬼？」と聞きなれない単語に透子は首を傾《かし》げたが、千尋たちに違和感はないらしい。

「千瑛が？　なんか珍しいな」

「断れない筋からのお願いやったみたいよ」

「やけどねえ」と佳乃は声を潜めた。

「普通に恋人と幸せに暮らしていて、鬼の出番はありませんでした、っていう結果で」

透子と千尋は思わず顔を見合わせた。

「あのお父さんとしては、自分の知らない男と住んでいるより、鬼の仕業のほうがよかったんやろね」

「勝手だよな」

佳乃の言葉に千尋は肩を竦めた。

「くだらない結果を報告するなら電話一本で済むだろう！　恥をかきにきたようなものだっ」

千瑛は破られた写真を拾い上げると、男性に向かって微笑《ほほえ》みかけた。

静かに不思議な形に指を結んで男に示す。

「報告だけならそれでよかったんですけど。娘さんが面白いことを言っていたので」

「面白いことだって？」

千瑛はにこにこと……満面の笑みを浮かべた。

「『お父さんと一緒にいたら、殴られるから怖くて逃げた。しかも私を殴ったことをお父さんは覚えていないみたいだ、助けてください』って。お嬢様はあなたが怖くて恋人のもとへ逃げたみたいです」

彼は指をさらに奇妙な形に編んだ。

佳乃と千尋が目配せして少し後ろに下がる。

男性は神坂家の住人の動きに気づかずに、激昂した。

「私が娘を殴った？　そんな事をするわけがない！　娘の居場所を知っているんだな、どこにいるか教えなさいッ！」

娘を心配しているというより、いなくなったことに怒っている。なんだか玩具《おもちゃ》をとられた聞き分けのない子供のような怒り方で、父親が言う台詞《せりふ》にしては妙だ。

「あれは、俺の餌なのに、なんで目の前にいない……っ！」

透子は、目を血走らせて怒る男性に違和感を覚えて……凝視した。餌？

「貴方《あなた》が危険だからじゃないですか？　――乾《けん》！」

千瑛が鋭く叫ぶと男性は電流が走ったかのように、身体《からだ》を硬直させた。

「私のぉ……ォ」

男性の声が不自然に低くなる、その瞳が爛々《らんらん》と輝いて黄色く濁るのを、透子はぎょっと身を引きながら見た。

千瑛がまた、指の印を変える。

「俺のどこがあああ、キケンナンダョオ」

中指と人差し指を絡ませて手刀のように手首がしなる。

「あっ……モヤが！」

妙な、モヤのようなものが男にまとわりついている。透子が指さした方向を千瑛も見た。

「六根清浄《ろっこんしょうじょう》、急急如律令《きゅうきゅうにょりつりょう》ッ！」

奇妙な動きでたたらを踏んだ千瑛が、男性の頭上からつま先までをまるで切り裂くように手を振り下ろす。

「がっ！　はっ……！」

男性がもがき苦しんで喉を自分でつかんで……、モヤを吐き出す。

男性は苦しみながら床に転がり、そのモヤが部屋の隅で小さな人形のような形をとるので、透子はひっと怯《おび》えた。人形にしては全く可愛《かわい》くない。

昔、映画で見た恐ろしい化け物のように痩せていて耳は尖《とが》り、顔の半分を占めそうな大きな瞳は黄色く濁っている。耳まで裂けた口がギャッと潰れた声で鳴く。

「花瓶のすぐ左横！　何かいますっ」

小さな化け物はその場でもがき、苦し紛れに透子を目指して襲い掛かってきたので、透子は「きゃあ！」と顔を押さえて目をつぶった。

あの鋭い歯で噛《か》みつかれたら、きっと死んでしまう！

ダン、と大きな音がして……おそるおそる目をひらくと、なんと千尋がバットを持ってそれを化け物に振り下ろしているところだった。

「グアアアア」

「あ、当たった、のか？」

叫び声をあげた化け物がすっかり伸びていて、千尋はバットと化け物を見比べながら首を傾げた。

「千尋くん、見えないんじゃ……」

「ええっと、芦屋さんが怯えていた方角に向けて、勘で……」

バットと従弟《いとこ》を見比べて、千瑛は盛大に呆れている。

「この馬鹿千尋！　鬼をバットで殴るやつがどこにいるんだ！」

「ここにいるじゃん！　……仕方ないだろ、俺は鬼とか見えないし！　とりあえずあたりをつけて、思いっきり振り下ろしただけだよ！」

「……むちゃくちゃな奴だな。だから体育会系は嫌いなんだよ。野球馬鹿！」

千瑛はぼやくと、のびていた化け物を摘まみ上げた。

それから半身を起こして、きょとん、としている男性に話しかけた。

「浜平さん。お具合はいかがですか？　それから、この小鬼に見覚えがありますか？」

「は？　お具合……あれ？　ここは、どこですか……？　貴方は……千瑛さん？」

まるで憑《つ》き物がおちたかのような様子に千瑛はため息をつく。

「自覚なし、か」

千瑛の手の中で化け物……小鬼がもがく。

「わざわざ本拠地に乗り込んでくるとはいい度胸じゃないか？　お前の意志か？　それともお前の上の奴の命令か？　――言え」

小鬼はじっと千瑛をみると、ひゃん、と一声憐《あわ》れに鳴いて、さらさらと灰になって崩れた。透子はあまりの光景に、その場でへなへなと崩れ落ちる。

鬼……？

あれが鬼、というモノなのか。あんな気持ちの悪いものが？

千尋が「大丈夫？」と透子を支えてくれて、いまだにぽかんとしている浜平を、千瑛が苦笑しつつ、立たせた。

「佳乃さん、お茶にしましょう……浜平さんも、少し休ませてさしあげたいし」

「そうですねえ」

佳乃が笑う。浜平は釈然としない表情のまま客間に通され、透子と千尋は続きの間から大人たちの話をそっと窺《うかが》った。

浜平が落ち着きを取り戻して、千瑛が娘の居場所、つまりは恋人と一緒に暮らしていることを説明すると、浜平はひたすら恐縮して報告を受けた。娘を殴ったことも覚えていないし、自分の中に奇妙なモノがいたことも全く記憶にないのだという。

「最近、いつも酷《ひど》く暴力的な気分だったのは覚えているんです。何かあると、カッと腹の中が熱くなって……気分がよくなる。そうしてしばらく記憶がないんです……私は娘を、自覚しないままに殴っていたんでしょうか？」

千瑛はもう大丈夫ですよとにっこり微笑んだ。

「すべて鬼のせいです。妙なものが貴方の中に巣くっていた。娘さんに危害を加えたのは鬼、だから貴方は悪くない」

「ほ、本当ですか？」

「ええ。だからもう、貴方は二度とそんなことはしない。ね、そうでしょう？　娘さんには今日の顛末《てんまつ》をお伝えしておきます。連絡先も預かってきました。……浜平さんが暴力をふるったのが鬼のせいだと分かれば、きっと和解してくれます」

千瑛の言葉に安心したのか、浜平は安心して何度も礼を言い、帰って行った。

リビングに移動した千尋がイチゴ大福を頬張りながら、千瑛に尋ねた。

「娘さんの住所、教えてやらないんだ？」

千瑛は微笑んで茶を淹《い》れている。佳乃さんも一緒だ。

「僕は鬼を祓《はら》っただけ。――家庭内暴力が、真実、鬼のせいなのか本人の意思かはわからないし、何かあったら責任を負えないからね」

透子はもはや日常に戻ったかのような三人を見ながらまだ動悸《どうき》がする胸のあたりに手を置いていると、千瑛が手招きした。

「透子ちゃん、驚かせたね」

「い、いえ……だけど、あれは……なんだったんですか」

千瑛は透子に椅子をすすめた。

「もう少し、透子ちゃんが町に馴染《なじ》んでから説明しようかと思っていたんだけど、ちょうどいい機会だから――少しだけ、神坂のことについて話をさせてもらおうかな」

「神坂の先祖は平安の末期、関東にいた豪族で……」

と、千瑛は話し始めた。

平安の時代、貴族の社会は大いに乱れ武士が台頭し始めていた。

世は乱れ、飢饉《ききん》や疫病などで多くの人間が死んだ。現代よりもずっと夜の闇が濃かった時代、死は現代よりもすぐそばにあった。

「現代よりも不遇な死に方をする人が多かった。恨みや心残りを抱いて死んだ者は……霊となって現れる」

透子は、葬儀場で見た男性の霊を思い出した。ああいう風に、残ってしまうのだ。

「大抵は、時がたてば霊は消えてしまう。神坂家ではすべてのものに霊的な力があると考えているんだ」

通常の霊はいい。いずれまた森羅万象の中に還《かえ》る。だが災いをもたらす魂はやがて意志を持ち、悪意を抱き、生きている人間に害を為《な》すようになる。そういう風に考えられているらしい。

「――霊が災いを為すようになったものを、鬼と呼ぶ」

透子は口の中で、鬼、と呟《つぶや》いた。

「人々は戦乱や自然現象だけでなく鬼にも苦しめられていた。神坂の始祖といわれる人は女性でね——姫様、と僕たちは呼んでいるけれど……」

始祖は鬼を葬る不思議な力を持っていて、関東一帯を席巻《せっけん》し人々を苦しめた鬼を斃《たお》したと伝わっている。彼女はその後息子たちに鬼を斃す技と術を伝え人々を救えと命じた。

鬼から救われたその時代の人々は一族を神の使いだと崇《あが》めたという。

息子たちは、こう言ったという。

——我ら神と人との境に生きる民。かみさかいの民。

それを転じて、かみさか、時代を経て、かんざか、を名乗ったのだという。

「……すごい話ですね」

透子が目を白黒させる。その隣で千尋がずずっと茶を啜《すす》った。

「何度聞いても、自分たちは神の使いです、とか、厚かましい奴らだなって思うね」

一族の伝承は子供のころから何度も聞かされているせいで、千尋にとっては特に驚きはないとのことだ。

「かみさかの、さかいのたみがこいねがう。悪《あ》しきさかいの、わざわいを。あるべきやみへ、かへりたまらせ」

「え？」

透子が聞くと、千尋は肩を竦《すく》めた。

「——俺もよく知らないけど。本家に行くとよく聞く文言。昔っから、さかいにある災いを自分たちが元の闇に返してたんだ……ってそういう自負があるみたいだ」

妙に印象に残る言葉だなと、透子は心にとどめ置いた。

まあまあと佳乃がのんきに茶をすする。

「話半分で聞いていたらええんよ。大体、そういう昔話はおもしろおかしく脚色があるもんなんやから」

コホン、と千瑛が咳《せき》ばらいをしたので、佳乃と千尋は口を噤《つぐ》んだ。

「話の腰を折らないでくれるかな……。というわけで神坂の一族は平安の末期からずっと、鬼を斃す仕事をしているんだよ。それが家業」

透子はほぅとため息をついた。

「……じゃあ、千瑛さん以外にも……さっきみたいなことをできる人が、いるんですね」

「そうだね。神坂の本家もだけど、分家があって。紫藤《さいとう》、歌谷《うたたに》、斎賀《さいが》……まあ、ここら辺はおいおい説明するよ」

透子は、湯呑《ゆのみ》を見つめた。

「私だけじゃなかったんですね。そういうモノが見えるの。皆、見えるんだ……」

これまで、透子はずっと異端だった。気味が悪い、嘘《うそ》つき、おかしな子。

そう言われ続けてきたのだ。でも違った。そうじゃなかった、と知れたことが嬉《うれ》しい。

透子の隣でどこか居心地が悪そうに、千尋が身じろぎした。

千瑛はそれをチラリとみたが、話を続けた。

かみさかい、神坂の一族は権力者と近いところで活動を何百年も続けてきた。明治になって、公の権力とは分かれてからも「本家」の「神坂」はこの関東の地で家業を続けてきたらしい。

「一般には陰陽師《おんみょうじ》って言われるけどね。僕たちもその呼称の通りがいいから、そう名乗っている」

「じゃあ、霊……が鬼になって悪くならないように退治するのが神坂家の、陰陽師としてのお仕事なんですか？」

「大体はね」

大体？　と透子はオウム返しに聞いた。

「先ほどの、人間の霊が転じた気味が悪いモノが、鬼。――大体はね」

透子はさきほどの鬼を思い出した。

「けれど鬼の中には人間と同じような姿をして、人間とは違う恐ろしい力をもった存在がいる――」

透子は目を白黒させた。

「本、とか映画とかに出てくるような、鬼、ですか」

「そう。人間よりずっと長生きで各地を転々としている人々」

千瑛は肩を竦めた。

「信じられないよね。そういう大物が百人にも満たないけど日本にいるって言われてる。……僕も何回かしか会ったことがないけど、本人が鬼だと名乗らなきゃ全く分からなかった」

「人間と変わらないなら、いいんじゃないですか？」

透子の質問に千瑛は苦笑した。

「人間に友好的な鬼は少ないんだよ。人間に友好的で密《ひそ》かに暮らす鬼がいないわけじゃないけど。彼らのほとんどは今、関東か関西のどこかに生息していて、さっきの鬼みたいな眷属《けんぞく》を使って悪さをする。食欲のためだったり、あるいは楽しみのためだったり……」

「楽しみ？」

透子は首を傾《かし》げた。

「人間が苦しむ姿を見るのが何より楽しい。生き甲斐《がい》だって――そう笑った鬼もいたよ。二度と会いたくないけどね」

以前仕事でそのような鬼と出遭って命からがら逃げだしたらしい。

……そんなに恐ろしいものがいるのか、と半信半疑ながらも透子が不安な表情を浮かべると千瑛は苦笑した。

千瑛はそうそう、と懐から針水晶の数珠を取り出した。

「透子ちゃんはああいうものが、怖い？」

透子は鬼を思い出して身震いした。怖い。

霊も怖いし、小鬼も恐ろしい。千瑛はそれなら、と数珠を渡してくれた。

「御守《おまも》りにあげる。つけている間は何も見えなくなるから、持っておくといいよ」

「すごく綺麗《きれい》！　ありがとうございます。いいんですか？　こんな高価そうな……」

透子はお礼を言った。

「いっぱいあるから気にしなくていいよー。あ、そうそう、これは千尋の父上からもらったやつだけど」

千尋がぴくり、と肩を揺らした。

千瑛はそれに構わずに、冷蔵庫からケーキを出してきた。

「千尋と透子ちゃんが買ってきてくれた大福とかぶっちゃったけど。うちの息子と仲良くしてください、って伝言付き」

透子は微笑《ほほえ》んだ。また夜ご飯のあとにでも頂こう。

「美味《おい》しそう！　千尋くん、お父さんにありがとうって伝えてね」

透子の満面の笑みでのお礼に千尋は一瞬言葉に詰まり、頷《うなず》いた。

「伝えておく。……用があるなら自分で電話してくれればいいのに……」

「千尋が連絡しないからだろ？」

「する用事がないからな」
千尋は冷たく言い放って、ケーキを一瞥《いちべつ》すると自分の部屋へ上がっていった。
どういう意味かなと透子は思ったけれど聞けずにただ、背中を視線で追う。
千尋を気遣うかのように小町が「にゃあ」と鳴き、タタタと軽い足音を立てて上ってい
った。残された透子は千瑛に今日、町に行って陽菜と会ったことを報告する。
――透子の新しい保護者はバイトの事については「町に慣れるためにはいいかもね」と
後押ししてくれた。佳乃さんとも相談して、家のお手伝いと高校の宿題は午前中に、午後
の時間、透子はバイトをしてみることにした。
ただし、と千瑛は条件をつけた。
「ここのあたりは暗くなると物騒だからね。八時までには帰ってくるように」
変質者が出ると言う話なのかと思ったら、町内で若い女性が行方不明になる事件が連続
しているらしい。
「八時より遅くなりそうなときは絶対に連絡する事。僕か千尋が迎えにいくからね？」
「はい、がんばります」
今まで縮こまって過ごした時間を取り戻すために。ほんのすこし怖いけれど、新しいこ
とに挑戦してみたい。透子は嬉しくて携帯端末に入れた陽菜の連絡先を見つめた。
『高校がはじまるまで、和菓子屋さんでバイトをすることにしました』

夜、すみれにかいつまんで報告すると、すみれからはウサギがはねたスタンプで「いいね！」と返信があった。

クールな本人からはちょっと予想できない可愛《かわい》い絵文字が羅列されたメッセージにくすりと笑いながら、透子はまた心地よい眠りに落ちた。


「透子ちゃん、今日もお疲れ様～！　帰る前にかき氷食べない？」

「おばさん、ありがとうございます」

神坂の家に来てバイトをはじめて……あっという間に三週間が過ぎた。

バイト先のあづま庵では仕事終わりにおやつが出る。しかも店には並ばない店長さんのオリジナルメニューなので毎回楽しみだ。

基本的に持ち帰りの店だが、入り口に四席だけテーブルと椅子が配置され、イートインも出来る仕様だ。

「いただきます！」

「白玉おいしい」

鶯餡《うぐいすあん》と白玉がこんもり載ったかき氷を陽菜と一緒に頬張る。

冷たいかき氷はすごく甘くておいしかった。陽菜は部活や生徒会で忙しいので毎日とはいかないが、週の半分は店を手伝う。

透子は人見知りだし、ここ数年同世代の女の子と話してこなかった。会話ができるか不安だったのだがそれは杞憂《きゆう》で、明るく気さくな陽菜はすぐに透子と仲良くなってくれた。話題は他愛もない、ドラマやSNSや歌手のことだったが意外な事に結構陽菜とは趣味が合うみたいだ。

店に三日に一度は現れる和服姿のさわやかな青年に二人してときめいていたりもする。二人のお気に入りのその青年は今日も現れて、イチゴ大福とブドウ大福を四つずつ買って帰った。お釣りを間違えた透子にも「気にしないで」と柔らかく微笑んでくれる。

彼は透子の右手にはめられた針水晶の数珠に気付くと、透子をまじまじと見た。

「綺麗なブレスレットだね」

「あ、ありがとうございます……御守りで」

千瑛や千尋もかっこいいが、和服のお兄さんはまた趣の違う好青年だ。なんだか水彩画で描いたみたいな人だな、とつい見惚《みほ》れてしまう。陽菜と「お兄さんはどんな職業の人なのかと妄想するのも楽しい。

三日に一度は安くない和菓子を買うのだから無職ではないだろうが、昼から自由に外出できるというなら会社勤めとは考えづらい。

「小説家とか？　万年筆を握っていそう」

「いまの小説家はパソコンしか使わないいんじゃない？　茶道の家元とか？」

「それあり！……でも、お茶教室の若先生ならうちの商売柄把握しているはず……」

同じ年の女の子とこんな風に話すなんて、中学の頃以来でなんだか嬉しくなる。

「はい、これバイト代。ほんとありがとうね〜」

店の給料日は二十五日だということで、透子は陽菜の母親から封筒でバイト代を受け取った。予想よりも多い数字に嬉しくなる。

ピンチヒッターだったということで特別ボーナスを一万円もつけてくれたのだ。

たぶん、肉親をなくした透子のためにあづま庵のご夫婦がお小遣いをくれたんだろう、と察したが、透子はありがとうございます、と素直に受け取った。

「嬉しい……。和菓子、買って帰ろうかなあ」

「止めなよ、もったいない。余ったやつ持って帰ったらいいじゃない」

陽菜の母親も「こっそりならいいよ」と笑って店の作業場に戻っていく。

「でも本当に、透子がバイトしてくれて助かったよー。お盆の忙しい時期に一人だったら、私、疲弊して死ぬところだった……」

「私も助かったよ、何もすることがなかったし……、孤独な夏休みになるところだった」

千瑛は仕事で忙しいし、千尋も高校に毎日通っているので夕飯以外は顔を合わせない。

白玉を口に含んでから、陽菜はそういえばと声を潜めた。

「バイトで来るはずだった大学生のお姉さん、実は行方不明だったらしいんだ」

「……行方不明？」

「警察の人がうちにも事情を確認しに来た。ドタキャンだってうちの両親、怒っていたんだけど、事件に巻き込まれたのに申し訳ない事を言った、って、昨日の夜しょげていた」

透子は匙《さじ》を動かす手を止めた。そういえば千瑛も「行方不明になる若い娘が多い」と言っていた。陽菜によれば若い女性ばかりこの半年近くで三名も行方不明になっているのだという……。行方不明になった後、戻っては来ているらしいが……。

「陽菜ちゃんも気を付けないと」

透子は日が暮れる前に帰っているが、陽菜は学校の生徒会や、臨時のマネージャーを務めている野球部の練習に参加した日は遅い帰宅になることもあるようだ。

陽菜は大丈夫、とほうじ茶をすすった。

「綺麗な長い黒髪の子ばっかり狙われるって噂《うわさ》だし。襲われて、髪の毛をむちゃくちゃに切られるんだって。透子こそ気をつけなきゃ」

透子の髪は長い。そろそろ背中まで届こうかというのを普段は緩くみつあみに、バイト中はお団子にしている。透子はぶるりと震えた。

「そうなの？　切っちゃおうかな」

「えーっ。せっかく日本人形みたいで綺麗だしやめなよ！　それよか千尋に迎えに来させたらいいじゃん。――毎日男の子の送り迎え、ってなんかいいよね」

陽菜がうっとりしたので、透子は苦笑した。

「申し訳ないよ。千尋くん、忙しそうだもん」

「千尋って愛想ないけど優しいし運動できるし顔もいいし。おすすめだよ」

陽菜が無責任に千尋をお勧めしてくる。

お茶のおかわりを持ってきてくれた陽菜の母親も「そうそう」と同意した。

陽菜は高校に彼氏がいるらしく、千尋には興味がないらしい。

「陽菜が男の趣味が良ければね。おばさんは、昔っから千尋くんファンなのに……」

「私の彼氏の方が千尋より百倍かっこいいです！　……あ、ごめんね透子」

なんで謝られるのだと透子は、ちょっと遠い目をした。

「千尋くんってすごくもてそうだよね」

陽菜がそれは高校に行ってからのお楽しみ、と思わせぶりに笑う。

「そういえば、千尋くんって実家に帰らなくてもいいのかな？　夏休みの間忙しいからって、ずっと神社にいるみたいだけど」

実家が遠いから、千瑛と一緒に住んでいるのだと説明を受けていたが。

どうやら千尋の両親は同じ県内にいるようだ、と察する場面がいくつかあった。

陽菜は「あー」と上を向いた。

「……透子って、今まであんまり神坂の家と関わりなかったんだっけ」

うん、と透子は頷く。

「神坂さんはここらへんじゃすごく有名で……ってのは知っている？」

「うん、会社もいくつも経営しているし、その……特別なお仕事もしている、って……」

陽菜はううん、ときまり悪げに頬をかいた。

「千瑛さんとか、千尋のお父さんは、神坂の本家筋なんだ」

「そうなんだね。千尋くんのお父さんにも会ってみたいな。千尋くんに似ているの？」

いただいたケーキのお礼も言いたいし、千尋の父親ならば、さぞ素敵な人だろうなと呑《のん》気《き》に言うと、陽菜はうーんと考え込んだ。

「私が話す筋合いじゃないと思うんだけど、地雷をうっかり踏む前に、言っておくね。千尋のご両親って、千尋が小学生の頃に離婚しているんだよね。それで……」

陽菜が教えてくれた「事情」に透子は目を丸くした。

せっかくの美味しいかき氷が何の味もしなくなってしまった。


「芦屋さん、おかえり」

家に帰ると風呂上がりの千尋がリビングでストレッチをしていた。

千尋は野球部で今日も遅くまで練習をしていたらしい。夏の県予選はとっくに終わってしまったが、また秋以降の試合に向けて練習に励んでいるようだ。

「あ、うん……。ただいま」

「バイトお疲れ。学校の宿題は終わった？」

「うん、ほとんど」

試験の結果、九月からは千尋たちと同じ高校に編入できることになった。新学期に備えて出された宿題も、無事に終えることができそうだ。

「初日に模試あるから頑張ろうな」と千尋がにっこり笑う。

「芦屋さんって成績いいの？」

「悪くなかったけど、都会の高校の方が進んでそうだから自信ない。千尋くんは？」

「俺？　俺はめっちゃ勉強するから、そこそこいいよ。模試の順位で何か賭ける？　負けた方が何かおごるとかがいいな、あづま庵のイチゴ大福とか」

「それなら買って来ちゃったよ」

はい、と包みを出すと千尋はやった！　と破顔する。

イチゴ大福四つあるよ、というと千尋は機嫌良くお茶を淹《い》れはじめた。朝食は面倒だからと手抜きだが、彼はそれ以外の家事はなんでも無難にこなす。同年代の男子にしては珍しいだろう。

(千尋のご両親、千尋が小学生の頃に離婚しているんだよね)

陽菜はそう言っていた。それだけなら、今時珍しい話ではないかもしれない。

だけど、と透子は陽菜から教えられた話を反芻《はんすう》する。

（両親ともに別の相手との間にできた、子供がいて……、複雑なんだ）

千尋は両親の離婚後は母親と暮らしていた。しかし母親の再婚相手と異母妹と、どうしても折り合いがつかずに、中学進学を機に千瑛と暮らし始めたのだという。

……両親がいない寂しさなら、透子にはわかる。

だけど、近くにいるのに離れて生活する事情は呑《の》み込めなかった。

お茶と大福を楽しんでいると千尋のスマートフォンが鳴った。

「はい、千尋です」

敬語になった千尋に誰だろうと思って盗み見ていると、千尋はさりげなく席を立った。

「いいって、来なくて。母さんも忙しいだろ。俺も試験準備で忙しいし。部活もあるし。夏はずっとこっちにいる」

母さん。

あまりにタイミングよくかかってきた電話に、透子は思わず咽《むせ》そうになった。まさに今、千尋の両親について考えていたのだ。

お茶を嚥下《えんか》してなんとかやり過ごす。五分程話して電話を切った千尋が、咽て胸をトントンと叩《たた》いている透子を不思議そうに見るので、透子はうろたえつつ誤魔化《ごまか》す。

「あ、その、私、お母さんいないから、どんな感じで話すのかなって！」

言ってからしまった、と思ったが千尋はあからさまにバツの悪そうな表情を浮かべた。

違うの！　と透子は内心で悲鳴をあげた。

「あっ！　全然！　寂しいとかじゃないんだけど。私、お母さんのこと全然知らないので！　どんな会話をするのかちょっと興味津々でみてしまって……その」

「知らない？」

「あ、うん。……五歳の頃から行方不明だから……」

それこそ、神隠しにあったみたいに居なくなってしまったのだと聞いている。父は母のことをポッポッとしか喋《しゃべ》らなかったし、写真がなかったので顔もよく、知らない。

「両親と住んでいた家が火事になって。……その直後にお母さんが行方不明になったから写真ってないんだ。せめて、データだけでもあればよかったんだけど」

千尋はそっか、と頭をかいた。

「芦屋さん。高校生なのに、すごく波乱万丈だな」

「あはは、そうかも」

客観的に見るとそうかもしれない。

母は行方不明で、父は早世。

祖母も亡くなり今は遠縁を頼って下宿中。そんな女子高生はなかなかいないだろう。

「佳乃さんや千瑛さんはお母さんにあったことがあるみたい。写真があったらいいのに」

千瑛は透子たちの十歳年上だから母と交流があったようだ。いつか母についての話を聞けたらいいなと思う。

「たぶん、芦屋さんのお母さんも高校一緒なんじゃないかな。卒業アルバムとか、図書室にあった気がする」

「本当に？　探してみようかな」

高校に行く楽しみが出来た、と喜んでいると千尋がテーブルに突っ伏した。

「二学期は楽しみだけど、模試勉強に飽きてきた。夏休みずっと続けばいいのにな」

どこからか現れた小町が、チョイチョイと前脚で千尋をつつく。

「なんだ小町ー、ん？　勉強には糖分がいるって？　俺もそう思うー」

勝手に小町の言葉を代弁し、千尋は包丁でイチゴ大福を半分に切った。

「千瑛はまだ帰ってこないし。あいつのイチゴ大福、はんぶんこにしよ」

「え？　せっかく買ってきたのに」

「だって美味《うま》いし、俺はもう半分食べたい」

ダメだよ！　と言おうとしたが、お茶のおかわりを差し出されて、うっ…と透子は呻《うめ》いて……誘惑に負けた。

「芦屋さんも食べたいだろ？　共犯になろ？」

千尋の無邪気な笑顔は罪作りだ。透子は二重の誘惑に屈した。

千瑛さんのぶんはまた明日買おうと決意して、イチゴ大福を半分もらってやっぱり美味《おい》しいと頬を緩める。

「あら、お大福。おばちゃんにも分けてちょうだい」

佳乃さんも加わって三人で和気あいあいとおやつを食べていると、狙いすましたようなタイミングで帰宅した千瑛はあれ？　と声をあげた。

「どうして皆で、楽しくおやつタイムしているの？　なんで僕の分のイチゴ大福だけがないの!?　あづま庵のイチゴ大福っ」

――三人三様そっぽを向いた。

第三章　星護高校

透子《とうこ》は九月一日から無事に千尋《ちひろ》も通う星護《ほしもり》高校の二年生に編入した。

クラスは千尋とも、陽菜《ひな》とも一緒の二組だ。

「あ、透子来た！　おはよー。クラスが同じでよかったね」

「おはよう、陽菜ちゃん。学校でもよろしくね」

千尋と一緒にドアをあけて教室に入ると、陽菜が手を振ってくれた。

何だか一斉に視線を集めた気がしたが、振り返ると皆目を逸《そ》らしたので気のせいだろう、多分。

手続きや教材の授受は先週終わっているので、透子はホームルームで簡単な自己紹介だけをした。

「芦屋《あしや》、と、透子です。よろしくお願いします」

まばらな拍手とあちこちで囁《ささや》きが聞こえる。耳が赤くなるのを自覚しながら、透子は教室の一番後ろに着席した。担任の配慮なのか、隣が千尋だったのでほっとする。

千尋は、目だけで笑った。

「右足と右手が同時に出ていた」

「……人前でしゃべるの、苦手で……」

　クラス中から何か注目されている気もするが、この時期の転校生は珍しいのだろう。その日は一日模試だったので休み時間も参考書を睨《にら》みながら過ごし、初日はあっという間に放課後になった。

「俺は部活に出てから帰るけど、どうする？」

「まっすぐ帰るつもり……」

　じゃあ後で、とあいさつしながら教室を出た二人の前に髪の長い、華奢《きゃしゃ》な女子生徒が待ち構えていた。透子はぎょっとして足を止めた。

　たしか、一番前の席に座っていたクラスメイトだ。なんだか敵意をもって見上げられている気がするのだが、何故《なぜ》だろう。女子生徒の綺麗《きれい》な薄い色の髪は丹念にまいて背中に流されていて、前髪は綺麗な形のおでこが出るように後ろになでつけられている。

　制服は規定のものだが裾は短く切られ、高校指定の白ソックスは履かずに紺色、と制服は微妙にカスタマイズされていた。アイドルの一員を名乗ってもよさそうな可愛《かわい》い少女はもう一度透子をキッと睨んでから、次に千尋を仰いだ。

「千尋くん、お久しぶりね。夏休みの間一度も会えなくて、桜《さくら》はすごく寂しかったわ」

　にこっと微笑《ほほえ》まれて、千尋は一歩下がった。

表情に若干の怯《おび》えが走る。

「……あっ……白井《しらい》……ひさびさ」

白井と呼ばれた美少女は、ずいいいっと下がった千尋とおなじ距離だけ間合いを詰めた。

「白井だなんて、他人行儀に呼ばないで。桜って呼んでいいのよ。さ・く・ら。りぴーとあふたみー」

「他人だし、呼ばない……かな」

「照れなくてもいいの。野球部の練習に行くのでしょう？　私も見学したいわ」

千尋はうっと言葉に詰まって首を振った。

「わ、悪いけど……ちょっと邪魔だから、ごめん！　追って来ないでくれっ！」

そのまま振り返ってダッシュで逃げて……白井は「もうっ！　照れ屋ね！」とその場で怒っている。

透子は呆気《あっけ》に取られて白井桜と呼ばれた少女の華奢な背中を見た。

「あー久々に見た。白井の求愛行動！　これ見ないと学校に来た気がしないわー」

透子の後ろで陽菜が面白そうに笑う。

「きゅ、求愛行動」

「そ。神坂《かんざか》千尋の熱烈なファン。千尋には嫌がられているけどね」

そんな、本人の目の前でいわなくても、と透子があたふたしていると、桜はくるりと振り返った。茶色い目がこちらを見上げている。

桜色のリップは艶《つや》やかで、華奢な造形とあいまって、お人形のように可愛らしい。

「あなたの事は夏休みの間から知っていましたわ」

「まじで？　あんたの情報網どうなってんの？」

陽菜が驚く。

「あなた――千尋くんと一緒に住んでいるんですって？」

見た目に反して白井の物言いはどこか古風だ。年上の人と話している錯覚を覚えて透子は背筋を伸ばした。

「あ、芦屋透子です、はじめまして、よろしくお願いします」

透子が名乗ってぺこりと頭を下げると、美少女も丁寧にぺこりとお辞儀を返してくれる。

「……ご、ご丁寧な方ね、私、白井桜と申します。千尋くんの信奉者ですわ」

「し、信奉者？」

「そう。未来の伴侶でもいいわ。それで？　あなたが透子さん」

「はい」

「透子さんは神坂の遠縁なんですって？　それで一緒に暮らしていらっしゃるってね」

陽菜が桜の言葉を訝《いぶか》しんだ。

「……どうして知っているわけ？」

桜は陽菜に向かって人差し指をチッチッと振って見せた。

そういうしぐさも何やら時代がかっている。

「情報提供者を売るわけにはいきませんので、ノーコメントで」

「相変わらずストーカー気質だよね、白井……」

陽菜がちょっと引いているが、それに構わず桜は透子を見上げてくる。

真剣な瞳に見つめられ、透子は慌てて鞄《かばん》の中から買ったばかりの手帳を取り出した。

「実は私もよく把握していないんですけど……」

家系図もどきを手帳に書いて、見せる。

「私の母が、千尋くんのはとこなんです。その御縁で……」

桜は腰に手をあてて、フンと家系図を見た。

「はとこ……。ずいぶん遠縁よね。それで、お母様は今、どこにいらっしゃるの？」

透子は目を泳がせたが、いずれ噂《うわさ》になるだろうし、と正直に答えた。

「五歳の頃から行方不明で。どこにいるかは、わからないんです」

桜がちょっと目を開く。

「……ま、まあ。あ、じゃあ、お父様は？」

「十歳の時に病気で他界しました」

桜は絶句した。

「それは……。お聞きして申し訳なかったわ。今までどなたと暮らしていらしたの？」

「祖母と暮らしていたんですけど、春の終わりに亡くなって、星護町に引っ越してきたんです」

透子が言うと、桜は沈黙し、困ったように視線を逸らした。

「ごめんなさい、立ち入った事情を聞いて……そう、それで透子さんは神坂さんのおうちに下宿していらっしゃるのね。そんなご事情があったのに、毎日千尋くんと同じ屋根の下なんて羨ましいなんて思って、ごめんなさい。私、浅ましい美少女ね……」

「えっ？　浅ましいだなんて、そこまでは……」

「美少女とか自分で言う？　そして透子もそこに突っ込んで！　ちゃんと！」

陽菜の言葉には構わず、桜は「反省しますわ！」と形のいい唇を噛《か》んで、踵《きびす》を返す。

しかし、二メートルほど歩いたところでくるりと振り返って宣言した。

「学校生活で何か困ったことがあったら、相談してちょうだい！」

「あ、ありがとう……ございます」

「けれど新参者には負けないわ！　私の思いを千尋くんに届けるその日まで！」

「大丈夫だよー、白井。あんたの気持ち届いているよ。全部打ち返されているだけで」

陽菜の皮肉はまるっきり無視してタタタと走り去っていく背中を視線で追っていると、コケ、と桜はこけた。

大丈夫かなと思っていたが、すぐ立ち上がって走り出したので怪我《けが》はなさそうだ。

陽菜がけらけらと笑う。

「あれが千尋の筆頭ストーカー。強火のファン。害はないし、イイ子なんだけどねー。高校からこの街に来た帰国子女の子で、なんか色々、変わっているんだ」

千尋は文武両道でルックスもいいから、もてるだろうと思っていたがあそこまで熱狂的なファンがいるとは思わなかった。

「筆頭ってことは……あんな感じのファンの方が……いっぱい、いるの……？」

「うじゃうじゃ。透子きっと今日から呪われるよー。朝から視線が怖いほど突き刺さっていたよね」

「うじゃうじゃ……」

陽菜は明るく言ったけれど、透子は震えあがった。

……と同時に大人しくしていようと誓う。新生活であまり目立ちたくない。

目立つ前にすぐに帰るつもりだったのだが、陽菜が他のクラスメイトと共に校内や部活動、委員会活動まで案内してくれてあっという間に二時間経過してしまった。

陽菜は生徒会と、たまに野球部のマネージャーをしている。以前は陸上部所属だったらしいが、足を痛めて退部したのだという。

「透子もなにか部活に入る？　野球部のマネージャーとかどう？　千尋いるし」

「野球のルールがわからないし、ずっと一緒にいるのも千尋くん疲れるだろうし、遠慮しておくよ。私は帰宅部か……運動部以外がいいな」

透子はインドア派なのだ。

通りかかった担任の柴田《しばた》が二人の会話を聞いて微笑んだ。

「だったら英語劇クラブはどう？」

「英語劇、ですか？」

「このあたりは外国からの観光客も多いでしょう？　だから星護高校は英語教育に力をいれているのよ」

よかったら、とチラシまでもらってしまった。

「英語の勉強はしたいけど……喋《しゃべ》るのは苦手だなあ」

透子がぼやくと陽菜が笑った。

「部活に入らないなら、また和菓子屋のバイトはどうですかー？　って母が言っていた」

「うわあ……ものすごくやりたいけど、あまりシフトに入れないかも」

「あはは、わかってる。土曜日か、日曜日のどっちかだけでも！」

「土曜日だけ、なにとぞよろしく……」

「やった！」

何かに入部したほうがいいのだろうか、と考えながら歩いていると、廊下の向こうから悲鳴が聞こえた。

「きゃっ！」

「なに、いきなり！」

悲鳴と共にガシャン！　という凄《すさ》まじい音が聞こえて透子は顔をあげた。

大きな靴箱が倒れてしまっている。陽菜がうわあと呻《うめ》いた。

「また！　だ。なんだろうねー、なんか最近、校内のいろんなところで物が倒れたりガラスが割れたりして、怖いったら。ポルターガイスト？」

透子は怖いねと同意して再び顔をあげて……そこで固まってしまう。小学生くらいの小さな男の子がぼんやりとした光に包まれて、じっとこっちを見ていたからだ。

（あー……）

声にならない声をあげて彼が裸足《はだし》でひたひたと近づいてくる。足元が濡《ぬ》れていて、ずるずると男の子が動いた場所に跡がついていく。まるで、ナメクジのように。

背筋に冷たいものが走る。高校にあんな小さな、しかも半裸の子供がいれば、周囲が騒がないわけがない。しかし、誰も気づかない。

……透子以外には見えていない。つまり、……あの子は生者ではない。

透子は震える手で、ジャケットの右ポケットから針水晶の数珠を取り出した。

男の子に気付かれないようにそっと右手に嵌《は》めると、千瑛《ちあき》の言う「御守り」が効いて、すうっと何も見えなくなる。

……透子はほっとした。

「透子、どうかしたの？　顔色が悪いけれど」

陽菜が心配そうに聞いてくるので、慌てて首を振った。

「ん、なんでもないの。立ち眩《くら》み」

神坂の人間がそういう力を持っている、と言うのは星護町ではあたりまえの話なのだという。だから透子の「見鬼《けんき》」の能力もこの高校ではあまり忌避されないのではないか、と千瑛は言っていた。

だけど、せっかく出来た新しい友人に、敢《あ》えて自分は異端だと告げる勇気はなかった。

（透子ちゃんは、なにかいつも違うものを見ている。怖い）

（目立ちたいから、見えるって嘘《うそ》をつくのかも。だって誰にもわからないじゃない）

そんな風に言われるのは嫌だ。何気ない風を装いつつ下駄《げた》箱に行くと千尋が友人と談笑しているところだった。

「陽菜、帰ろうぜ」

「恭平《きょうへい》！」

一緒にいたのは陽菜の彼氏の楢崎《ならざき》恭平だった。

人懐こい感じのいい男の子で、去年から二人は付き合っているらしい。

先に帰るねと陽菜はうきうき手を繋《つな》いで帰ってしまう。

千尋が仲いいよなと笑い、――一緒に帰ろうと透子を促した。

「芦屋さん、なんか顔色悪いけど……何か見た？」

「どうしてわかったの？」

「数珠を嵌めているから。校内では外していたのに」

千尋は透子の手首に嵌められた数珠を見た。

透子が先程の光景を言うと、千尋は透子たちが歩いてきた方角を向き目を細めた。

「駄目だな、俺には全然見えない」

そうだった、と透子は千尋を見上げた。千尋は霊を見ることができないのだ。

「でも、その、見えても怖いだけだし、何もできないし……見えない方がいいよ……」

「普通はそうかもな」

いいながら、千尋は僅かに俯《うつむ》いた。

「けど、神坂の人間なのに見えないのは期待外れだって言われる。俺も、霊とか鬼とか見えたらいいのになって思うよ」

「それは……」

何といってよいのかわからず透子は言葉を探し、千尋はそれに気づいてお道化《どけ》たように笑う。

「案外、鬼も近くにいるかもしれないぜ、力の強い鬼ほど隠れるのが上手《うま》いらしいし。千瑛も上位の鬼は人間と区別がつかないって、この前言っていただろ」

千瑛は「視《み》る」よりも「祓《はら》う」方が得意らしい。

「芦屋さんは訓練すれば、人間のフリをした鬼も、見抜けるようになるかも」

（一族でも透子さんみたいにはっきり見える人は貴重なんだ。だから君は神坂の家で歓迎されると思う）

確かに千瑛は以前、透子にそう言ったけれど、具体的に何をすればいいのか、ちっともわからなかった。

「鬼を発見したってばれたら、殺されちゃうんじゃないかな」

人間を食べるような生き物が実は側にいるとしたら、恐ろしい。

「俺はみえないし、霊より生きている人間の方がずっと怖いけどなあ。あ、芦屋さん通学路覚えた？　俺、明日から朝練あるから六時半には家を出るけどひとりで大丈夫？」

ホームルームは八時半からだから、一緒に出ると早すぎる。

「うん、大丈夫。別々に登校した方が、呪われなくて済むし……」

透子は白井のことを思い出しながら、ボソッと言った。

「呪い？」

「なんでもない……」

うじゃうじゃいるという白井桜レベルのファンにとって、遠縁だというだけで近くに出没するようになった透子の存在はさぞ不快だろう。

文武両道で、かっこよくて、親切。人気者なのも納得してしまうけれど。

「朝早いけど千尋くんはいつ寝ているの？　毎晩、一時くらいまで勉強してない？」

模試の前夜だったから透子は珍しく夜ふかしして勉強していたのだが、ベランダから見える対面の部屋……千尋の部屋からも灯《あか》りが漏れていた。

実は昨日だけじゃなくて、たまに目が醒《さ》めると、必ず同じように灯りがついているのだった。

「二時には寝ている。もともとショートスリーパーなんだ」

「そうなの？」

二時に寝て、おそらく六時に起きて運動して。いくら若くても身体《からだ》を壊さないものなのだろうか。不安になったけれども、それ以上は聞けずに他愛《たあい》無い話をして家に帰る。

帰宅して、千瑛に放課後見かけた「男の子」の話をすると、彼は顎に指を当てて考え込んだ。

「あの男の子が靴箱を倒したみたいに見えたんです。気になって」

「……どんな感じの印象だった？」

「さ、寂しい感じがしました。あまり目を合わせたくない、感じの」

「寂しくて関わり合いになりたくない感じ、かあ。……霊障も起こしている、と。放置しておかない方がいいかもな」

災いをもたらす霊を放置するとやがて鬼になる、というのはつい先日、千瑛が言っていたことだ。

千瑛はうーん、と唸《うな》った。

「一緒に行こうか。そして、その子の話を聞いて……あるべきところに返してあげよう」

「高校で拝み屋のバイトすんの？」

千尋の言葉に、千瑛は口を曲げた。

「仕事と言え！　……おまえは家業をなんだと思っているんだ」

「知らない。俺、そっち方面全く才能ないもん」

「才能無くても、知っておきなさい」

「嫌だよ。——興味もないし」

「小町《こまち》ぃ、さいきんちーちゃんが可愛《かわい》くないよー、冷たいよー」

「ちーちゃんっていうのやめろ」

「ニャオニャオ」と小町がその膝に飛び乗ってしきりに何かを訴えている。

「そうだねー、小町。千尋と透子ちゃんの学校生活も気になるしねえ、僕が保護者として授業参観に行かなきゃねー」

「にゃー！」

「え、小町も行きたいの？　どうしようか、一緒に行く？」

そういえば初めて会った時、千瑛は肩の上に白い鳥を乗せていた。

式神だと言っていたが、猫とも会話ができるのだろうか？

「ひょっとして、千瑛さんは小町ちゃんと喋れるんですか？」

「透子ちゃんも訓練すればこうなれるよ」

「小町ちゃんと会話？」

目を輝かせた透子の肩を、ツンツンと千尋がつつく。

「芦屋さん信じちゃだめだ。小町は単に、にゃーにゃー言っているだけの、可愛い猫だ」

「え、そうなの!?」

「人の言葉はしゃべらないよ」

千尋は千瑛から小町をとりあげて、床に座り込むと自分の膝上を提供した。

小町は喉を鳴らして、千尋に甘えている。

「千瑛のいうことの三分の一は嘘だから」

千瑛はアハハ、と笑った。どうやらからかわれたらしい。

「ごめんね。でも二人の高校におかしなものがいたら困るし、様子を見に行こうか」

千尋は嫌がったが、千瑛は機嫌よく何やら段取りをしはじめた。

「こうなると絶対意見を変えないからな、あいつ」

千尋がむくれている。

「嬉《うれ》しいでしょ？　僕が高校を見に行くの。友達皆に、かっこいいお兄ちゃんだろーって自慢してくれてもいいよ？」

「誰が兄貴だよ。従兄《いとこ》だろ！　校内で俺に話しかけんなよ、他人のフリをするからな」

誰にでも感じのいい千尋は、千瑛にだけはちょっと冷たい。

仲がいいなあと透子は、微笑《ほほえ》ましく見守っている。

神坂家にお世話になって一か月あまり。二人のじゃれあいにも慣れてきた。

「千瑛さんの、陰陽師《おんみょうじ》のお仕事ってこの前みたいなことをするんですか？」

「いい機会だから何をしているのか、見せてあげるよ。透子ちゃんも協力してくれる？」

千瑛に微笑まれ、透子はもちろんですと頷《うなず》いた。

「千尋も案内役兼透子ちゃんの護衛として来るように、いいね？　先生方には僕から伝えておくから」

千瑛が来る事になった翌週の金曜日は、ちょうど模試の結果が発表される日でもあった。

星護高校は一学年三百人余りの公立高校だ。部活は水泳部と吹奏楽部、弓道部が強い。

どちらかと言えば進学校で、大学進学率は八割を超える。

模試がある場合は各教科と全体の十位までは、職員室の前に掲示される。透子は掲示こそされなかったが、全体の三十位にランクインしていてとりあえずほっとした。

前の高校では上位五番目くらいに位置していたから、やっぱり都会の学校は違う。

「千尋くんすごいね、三位だなんて」

「……あいつ本当に隙がないよねー。可愛げがないっていうか」

「同い年に可愛いとか言うなって」

陽菜の憎まれ口にひょいと割り込んできたのは、千尋だった。

「模試の結果よかったね。三位おめでとう」

祝うと、千尋は予想に反してちょっと悔しそうな表情を浮かべる。

「今回は一位狙っていたんだけどな、やっぱ無理か」

「仕方ないよ、部活で忙しそうだったじゃない」

「部活は別腹。一位になったことないから一回なってみたい」

別腹の使い方が違うんじゃないかなあと透子は首を傾《かし》げた。

昨日、夜中に小町の重さで目覚めてしまった透子は気になってベランダから千尋の部屋を窺《うかが》った。時計の針は一時を指しているのにやはり灯りがついていて、千尋はまだ勉強をしているようだった。

透子は少し心配になる。千尋は、どこで息をついているんだろうか、と。

「透子は何位くらい？」

「三十位」

「おお、すごい」

陽菜がぱちぱちと拍手してくれる。陽菜は全体の半分くらい、と舌を出した。

「なかなかやるじゃないの、透子さん」

足音も気配もなく現れたのは白井桜だった。

「ちなみに、私は英語が一位なのよ」

張り出された順位表をびしっと指さしながら、ツン、と逸《そ》らした横顔が可愛い。

「わ。本当だ！　すごいね」

透子がほめると陽菜が「英語だけで全体十位には載ってないじゃん」と指摘する。

桜はちょっと視線を泳がせた。白井桜は帰国子女で中学までは欧州にいたらしい。

英語は得意らしいのだが。

「ふ。私がなぜ英語一位なのに十位にいないか、透子さん、わかる？」

「えっ……どうしてだろう」

「数学がね？　二百点中七点しかとれなかったの！」

えっへんと胸を張った桜はたいそう可愛らしい顔だったが、なんと突っ込んでいいものか透子はわからない。陽菜が透子の分まで呆《あき》れてくれた。

「自慢している場合じゃないでしょ！」

「いいのよ！　私は永遠の美少女なんですもの。兄も、なんとか高校さえ卒業すればいいといってくれているし」

「白井……お兄さんたぶん、あんたの事をめちゃくちゃ諦めているよ……」

「私に学歴は不要ですわ。こんなに可愛いのですもの。ああ、でも、千尋くんが教えてくれたらきっと頑張れ……あれ？　千尋くんはどこに行ったの？」

千尋はどうも桜が苦手らしい。

彼女が現れた瞬間に気配を消して逃げて行ったのだが、本人に告げるのはなんだか可哀《かわい》そうな気がして透子は、「お手洗いかな？」と、とぼけた。

「ひょっとしたら千瑛さんを迎えに行ったのかも」

透子の言葉に、桜がぴくりと肩を震わせ、真剣な顔で見上げてくる。

「千瑛さん、というと……千尋くんの従兄の千瑛様？」

「知っているの？」

「もちろんですわ……何をしにいらっしゃるの？」

学校にいる霊を見に来ると正直に言ったら、桜を怖がらせてしまうかもしれない。透子はとっさに嘘《うそ》をつく。

「ええと、私の転校手続きの残りを、いろいろ」

透子は右手の数珠に触れた。学校や通学時に「怖いもの」を見ないでいいようにと千瑛がくれた数珠だ。

「噂《うわさ》で聞いたのですけれど、千瑛さんって神坂家の家の、神社関係もやっていらっしゃる素敵な殿方でしょう。サングラスの」

「白井さん、すごく色んな事に詳しいんだね」

「星護町に暮らす者ならば知っていて当たり前の情報ですわ。そう、学校に千瑛さんがいらっしゃるのね」

「挨拶する?」

自称「千尋の未来の伴侶」なのだし、会いたがると思ったのだが桜は意外にも首を振った。

「千尋くんのおうちの方にご挨拶する覚悟はまだないわ。こっそり覗《のぞ》かせていただきます」

去り行く桜がなんだかとても楽しそうなので「何の覚悟」が必要なのかと野暮なことを問うのはやめた。

待ち合わせをしていた下駄《げた》箱に到着すると、千瑛と千尋が並んで談笑していた。

「透子ちゃん」

足音に気付いた千瑛が手を上げる。

細いストライプのスーツを着た千瑛は、なんだかファッション誌のモデルみたいだ。

すれ違った二人組の女子生徒たちが、小さく悲鳴をあげて二人を見ている。

「神坂先輩の隣のかっこいいサングラスの人、だれ？」

「おうちの人らしいよ。……遺伝子の神秘を感じる……！」

目立つ人が二人に増えたら二倍目立つ。

当たり前のことを痛感しながら足取り重く近づく透子の背中に、言葉が投げかけられる。

「ねえ、最近よく神坂先輩の近くでうろちょろしている、あの人は何なの？」

「遠縁らしいよ。一緒に暮らしているんだって」

ひそひそ話にしては、声が大きい。

「は？　ずるくない？　見た目清楚《せいそ》系ぶりながら、同い年の男の子と一緒に暮らす？　一人暮らしすればいいのに……！　白井先輩だけでも邪魔なのに、また変なのが増えた！」

羨望とささやかな悪意を背中にチクチクと感じながら透子は二人に近づいた。

出来るだけ、目立たないようにしようと改めて心に誓う。

「懐かしいなー、高校のこの感じ！　来るのは十年ぶりだよ」

星護高校の卒業生だという千瑛は懐かしそうにへらへらと笑った。

「来ないうちに色々新しくなって……変なモノも増えたなあ」

「変なモノ？」

千瑛はにっこり笑って、色々ね。と誤魔化《ごまか》した。

「プールも新しくなったって？」

少し真顔になった千瑛に、そうだよと千尋が頷いた。

「事故があったからな。六年前の八月、近所の小学生五人が肝試しだって夜中の高校に忍び込んだ」

「それで？　どうなったんだ」

「肝試しの途中で警備員にみつかって、皆散り散りに逃げた」

歓声をあげながら子供たちは走って逃げて、夏休みの冒険は楽しいまま解散した。

親に黙って家を抜け出してきた子供たちは、家にまた忍び足で帰ってベッドに潜り込んだ。だから。

——友達のうちの一人が高校から戻っていないことに気付かなかった。

「その子の両親が朝になって子供部屋にいないことに気付いて、騒ぎになって。捜索願が出されて……。だけどしばらく、子供たちは肝試しの事を言わなかった」

怒られるのが怖かった子供たちは三日間そのことを黙っていた。

結局、亡くなっていた子供が発見されたのは、お盆明けに水泳部員が練習のために登校してからだった、と。

三人で校庭わきにあるプールに向かう道すがら千尋が説明してくれた。過去の新聞やウェブの記事を探してくれていたみたいだ。

「芦屋さんがみたのが濡《ぬ》れた男の子なら、その子だった可能性はあるな」

千尋の言葉に千瑛は肩をすくめた。

透子の後ろをそっと指差す。

「そこにいる子の事かな？」

言われた瞬間、背筋がひんやりとして慌てて透子は振り返る。

千瑛がくれた数珠の影響で何も見えない。

「ここに、いるのか」

「いるね、……ずっと泣いている」

千尋の問いに、千瑛が静かに答えた。

透子は千瑛の見ている方向を見ながら、そっと数珠を外した。

（……つめたい、くらいよ。どうして僕だけおいていったの？）

——青白い皮膚をした男の子が俯《うつむ》いている。

この前見た、男の子だ。

透子は背筋が寒くなるのを堪《こら》えて一歩下がる。その動作に男の子は気づいたらしい。

べちゃり、と水音混じりの足音を引き連れながら透子の前に立った。

（ねえ。おねえちゃん、どうして？）

肌は不自然に緩んで白く、目は魚のように黒目だけになって薄い膜が張っている。寒かったのか唇は紫で、明らかにこの世のものではない。

「こ、来ないでっ！」

透子が鋭く叫ぶと、男の子がその場で縫い付けられたかのように固まった。

千瑛が弾《はじ》かれたように透子を見たが、透子はその視線には気づかない。

透子には確かにこの世のものではないモノが見える、けれど何が出来るわけではない。

ただ……ただひたすら恐ろしいだけだ。一歩下がって転びそうになった透子の腕を、千尋が慌てて摑《つか》んだ。

「大丈夫？」

「……う、うん」

千尋は透子の視線を追って……顔色を、変えた。

「妙だな。男の子が、俺にも、見える……声も聞こえる」

そういう才能はないと千尋は言っていたのに今、男の子の声まで聞こえるらしい。

恐怖を共有してほしくて透子も千尋の腕を震えながら摑んだ。

「千尋にも、霊が見える？　確かか？」

「ああ。はっきり見える」

千瑛は眉根を寄せて千尋と透子を見比べた。男の子は泣きながら、透子に訴えかけてくる。

（かえりたい、ひとりは……いやだ）

千尋が透子から手を離し「……見えなくなるな」と呟《つぶや》いて、それからごめん、ともう一度左手で透子の腕をつかんだ。そのままましゃがみ込んで男の子の顔を覗きこんだ。

「千尋くん？」

「千尋？」

驚く二人に構わず、千尋は男の子に尋ねた。

「……なまえは何て言うの？」

男の子の目に、一瞬光が戻る。

男の子は、ずい、と千尋の顔のすぐそばに顔を近づけてくる。透子はびくりと怯《おび》えたが、千尋は微動だにしなかった。

男の子の霊は、おずおずと口をひらいた。

（……けんちゃん）

「けんちゃんか。皆おうちに帰って、ずるいよな。でも、ここにいても一人だから。おうちに帰ろうな」

（おうち……）

千尋の手が男の子を撫《な》でるように、前後する。

千瑛が制止しようとするが、千尋はそれを無視した。

「千尋っ」

「ひとりで、怖かったよな」

千尋の手は男の子に触ることは出来なかった。

だが、男の子はきょとん、として泣き止《や》む。手を伸ばして千尋の色素の薄い髪の毛に手を触れようとした。千尋はされるがまま微笑《ほほえ》んだ。

「もう、ひとりきりで泣かなくていいから、さ」

千瑛が苦笑して胸元から札を差し出した。男の子に札を示すと、指で複雑な印を組んでかざす。低く呪《しゅ》を唱えると男の子の身体《からだ》がびくりと固定される。

千瑛は男の子に西の空の方角を指さした。

「けんちゃん、あっちだよ。……わかる？」

男の子は頷《うなず》いて上を見上げる。夕陽が眩《まぶ》しかったのか大きな目を猫みたいに細めた。

それから、透子と……千尋をみて、小さく手を振った。

（ばいばい）

「ん、バイバイ」

明るい光が一瞬差し込んだように見えて、男の子の姿はすぅっと、見えなくなった。

千瑛が手首をしならせると呪が書かれていた札がじゅっ、と音を立てて燃え上がり灰になってひらりと舞う。

　透子は一連の出来事に呆然《ぼうぜん》と立ち尽くしていた。

　男の子を導いた千尋を見つめる。いま、千尋は何をしたのだろう？

　透子の視線に気づいた千尋はバツが悪そうにぱっと手を離した。触られた事に透子が不快を感じた、と勘違いしたのだろう。そもそも、転びそうになった透子を支えてくれたのだし、お礼を言わなければいけないくらいなのに。

「ごめん……」

「だ、大丈夫。転ばないように支えてくれてありがとう」

　透子たちの前にいた千瑛がくるりと振り返った。

「青春しているところわるいけど、この馬鹿っ！　危ない真似《まね》を勝手にするな」

「痛っ！　青春ってなんだよ千瑛っ！　……危ないって、なんもしてないじゃん、俺」

　ぽかりと頭を叩かれた千尋が口を尖《とが》らせた。

「勝手に霊に触ろうとするな。危ないだろ」

「だって、泣いていて可哀《かわい》そうだったろ、あの子。――それに、俺は見えない人間だから、作法とかわかんないんだよ！」

「わかんないなら慎重になれよ……。全く」

　千瑛は呆《あき》れたようだったが、しゃがんだままの千尋の髪の毛をわしゃわしゃと乱した。

言い聞かせるようにゆっくりと言う。

「思念が強い霊は……悪霊化して生きている人間に危害を加えることもある」

千瑛は心配を隠さないまま千尋に言った。

「……保護者としてはかなり心臓に悪いから、次からはしないでくれよ」

真摯な声音に、千尋は素直に頷いた。

「わかった。そもそも普段は見えないし大丈夫だろ。……今のは芦屋さんが近くにいたから、影響されて見えた、のかな」

「そんなことってあるんですか？」

透子も疑問に思って千瑛に尋ねた。

霊が見えて怖がる透子の手を、従姉《いとこ》のすみれが引いてくれてその場から逃れたことは過去に何度かあった。だけど、すみれはその間何も見えていなかったと思う。

千瑛は釈然としない顔でどうだろうね、と首を傾《かし》げた。

「……そんな事は聞いたこともないけれど」

困惑する千瑛に構わず、千尋は男の子が去った方角を、見た。

「千瑛や芦屋さんには、いつもあんな風景が見えているんだな。確かに怖い」

そう言いつつも、千尋は少しも怖がっているようには見えなかった。恐れもせずに男の子に手を差し伸べていた。いつも彼らを見ている透子は怯えるだけだったのに。

見えるより、ずっとずっとすごいことのように思える。

「──騒がしいから来てみれば。場違いなやつらがいるな。職場体験は終わりか？」

感心している透子の耳に、ぱちぱちと気のない拍手が聞こえた。

千瑛と千尋がどこか冷たい声の主を認めて、明らかに顔を顰《しか》めた。

少し離れた所からゆっくり歩いてくるのは背の高い青年だった。ジーンズにラフなジャケットを羽織ってどこか酷薄な笑みを浮かべている。

「せっかくの職場体験だけど。適性がない人間に経験させても無駄だと思うぜ？」

大学生くらいかなと見つめた透子に、彼は満面の笑みで返した。

千瑛がちらりと千尋を見て、青年の視界をふさぐように立った。

「……久しぶり。和樹《かずき》」

「お久しぶりです、千瑛さん……と、そちらが芦屋透子さん？　千瑛さんが勿体《もったい》ぶって本家に連れて来ないから親父《おやじ》が不満たらたらだったよ」

値踏みするような視線に透子は一歩下がる。千尋が透子をかばうように無言で二人の間に立ったが、青年は千尋を押しのけるようにして無理やり透子の前に立つ。

「初めまして、紫藤《さいとう》和樹です」

「紫藤さん」

透子が呟いたとき青年の後ろで何かが動いた。

先日、神坂の家で浜平《はまひら》の口から出たモヤのようなものがこちらを窺《うかが》って蠢《うごめ》いている。

透子の表情に何かを察したのか和樹が振り返る。

「ちっ――霊かよ！」

――愚痴った和樹の手の中で何かが――短刀が光る。彼はそれを無造作に透子が視線を向けた方角に投げた。

「ギャアアアアアッ」

苦悶《くもん》の声に透子は耳をふさぐ。おそるおそる和樹が何かをした方向を見ると、透子が見つけたもやは、叫び声をあげながら解けていくところだった。

――和樹はそれに近づき、床に刺さった短刀を引き抜く。

サラサラと砂が崩れるようにそれは姿を消した。

「なんなんだ？　この高校……霊の気配が濃すぎじゃないか」

「……和樹。さっきのはただ、学校を漂っていただけの霊だ。無理に消す必要はない」

和樹と呼ばれた青年は肩を竦《すく》める。

「死んだ奴に気を遣う必要ある？　いずれ鬼に変わるかもしれないだろう。予防だ」

透子は思わず両耳に手を触れた。――切り裂かれた時の断末魔が消えずに怖い。平然としている目の前の青年も同様だ……。青年は夜のように黒い目で透子をまた値踏みするように見た。

「お姫様は何も訓練を受けていないのに目がいいみたいだな？　俺より先に、霊に気づくとは思わなかった。さすが真澄《ますみ》サマの娘」

透子は困惑しながら青年を見上げた。真澄と言うのは母の名前だ。

「母を、ご存じなんですか？」

「それはもう、よくご存じだよ。芦屋真澄は優れた見鬼だったと伝説だから。一族以外の一般人なんかと結婚して、せっかくの能力を無駄にしたって聞いたけど。娘が優秀なら生んだ甲斐《かい》があったな」

透子は絶句して、耳を疑った。

一般人なんか。無駄にした。

初対面の人間に対して言い放つ言葉ではない。

「失礼な言い方をするな」

千尋が不快を露《あら》わに吐き捨てると和樹と呼ばれた青年は、やけに嬉《うれ》しそうに千尋に顔を寄せると鼠《ねずみ》をいたぶる猫みたいにちろり、と赤い舌を出す。

「走れないサラブレッドより、優秀な雑種のほうが役に立つよな」

「――やめろ、って言っているだろ」

思わずといった具合で胸倉をつかんだ千尋を、和樹がにやにやと笑いながら見下ろす。

「はいはいはーい、ストーップ！　和樹は高校まで何しに来たんだ？　喧嘩《けんか》しに来たわけじゃないだろ？　大学の授業が理解できなくて、高校に舞い戻るつもりとか？」

和樹はべ、と再び舌を出した。ぱしん、と千尋の手を払う。

「公立とか頼まれても行きたくないね。制服がヤダ」

険悪な雰囲気を隠しもしない和樹を千尋から引きはがして、千瑛がはあっ、とため息をついた。で？　と千瑛に促されて、和樹と呼ばれた青年も剣呑《けんのん》な空気を収める。

「警察から紫藤の家に依頼があったんだよ。最近星護高校で霊障が多いからなんとかしてくれって。ま、俺はいらなかったみたいだけど……謝礼は俺が貰《もら》ってくからな」

「じゃあ、さっさと帰れよ」

和樹は毒づいた千尋を見た。

「千瑛さんに用事だよ。それにせっかく久々にあったんだし、友好を深めようぜ、弟」

「弟？」

透子は驚いて和樹と千尋を見比べた。

「俺は和樹なんかに会いたくない。帰れよ」

顔立ちは似ていない二人だ。

透子の視線に気づいた千尋は、千瑛の制止を振り切って歩き出した。

「千尋くん」

追いかけようとした透子は、腕を和樹に掴《つか》まれたせいでその場で足踏みした。

見知らぬ人間に触れられたことで鳥肌が立つ。

「芦屋透子。ついでに、お前にも伝言がある」

「……なんですか」

「本家の千不由《ちふゆ》が、挨拶に来いってさ。来週の週末とかは暇？　迎えに来るから、連絡先教えてくれない？」

「千不由？」

聞きなれない名前を透子が繰り返すと、和樹は皮肉に口の端をあげた。

「ほんっとうに何にも知らされてないんだな？　――神坂千不由。本家のお嬢さま」

知らない名前だ。迷ったけれど透子は首を振った。この感じの悪い人が本当の事を言っているかもわからない。

「……バイトがあります。暇じゃないです」

「来てくれないと困るんだよ。俺が千不由にどやされる」

透子は腹立ちまぎれに和樹の手を払った。

初対面で失礼な事を言われて、いきなり触れられて――嫌悪を感じないわけがない。

「離してください。行きませんし、貴方《あなた》みたいな失礼な人に連絡先なんか教えない」

透子は千尋を追って駆け出し、くつくつと背後で笑う声が聞こえた。

「ははッ、嫌われた。これでお嬢さまにフラれたって報告しなくちゃならない。しかし、傷ついた少年を少女が追っかけて行く構図なんて青春ドラマみたいだ」

透子が去った方角を視線で追うと和樹はくつくつとまた笑い、肩を揺らした。

「またお前は、わざと嫌われるような言い方をして……」

千瑛がため息をつくと、和樹は笑いをおさめた。

「芦屋透子を、本家にはまだ連れていきたくねえんだろ？」

「……千不由お嬢さまは、透子ちゃんの事をなんて？」

「お友達になりたい、ってほざいていたぜ――。どうせお気に入りの千尋の側に一族を捨てた女の子供がいるのが気にいらねえんだろ」

はああ、と髪を掻《か》きむしりながら千瑛はしゃがみこんだ。

「礼儀作法を教えている最中です、って適当に誤魔化《ごまか》しといてくれ」

和樹は肩を竦めた。

「高くつくよ。だけどあの子すごいな。何の訓練もしてないんだろ？　なのにあんなに見えるのか」

千瑛は答えずに眉を顰《ひそ》めた。

確かに、透子の目は素晴らしい。それだけじゃない、と千瑛は先ほどの光景を思いだす。

――男児の霊が近寄ってこようとした時、透子は叫んだだけで、霊をその場にとどめたように見えた。……見えただけかもしれないが。

透子が持っているのは見鬼の能力だけだと思っていたが、ひょっとしたら、それ以外にもあるのかもしれない――。

「……気のせいじゃないのか」

和樹はふん、と鼻で笑った。

「千瑛さんが気のせいっていうなら、それでいいよ。あー、でもふられて残念だな。どうして連れてこなかった、って本家の爺《じじい》にも怒られるだろうな」

和樹が透子に触れた手を見て、せせら笑う。

「怒られたいんだろ、お前は」

「本家の奴らを喜ばせるなんて、クソみたいなことはしたくないだけだよ。分家だからってこきつかいやがって」

和樹が舌打ちした。

神坂の家は生業《なりわい》として霊や鬼を祓《はら》うが、一族で「神坂」を名乗る人間はそう多くない。

一族の権限や情報をできるだけ中枢にとどめるために、当主から六親等以上離れれば、分家の名字《みょうじ》を名乗るのが決まり。ややこしい出自の事情がある和樹は、神坂本家に近いにも拘《かか》わらず、分家の一つ紫藤家の養子になっている。

「……で？　僕に用事って？」

千瑛が舌打ちするのを和樹は楽しそうに見た。

「千瑛さんに仕事の相談があるのは本当。可愛《かわい》い弟に会いに来たかったついでに」

「おまえも叔父さんも、わざわざ会いには来ない約束だろ。あいつが荒れるんだよ」

和樹は千尋が歩き去った方角を見た。

「千尋が一族の集まりに顔を出す限りはそういう約束だったかな。だけどあいつ、夏の間、一度も本家に来なかっただろう？　千不由が不機嫌だから、親父がキレてる。俺の顔が見たくないなら、ちゃんと義務は果たすように伝えといてよ」

千瑛はわかった、と素っ気なく言った。

「で、用事だけど――」

和樹が真面目な顔に戻った。

「あんたも協力せざるを得ないと思うぜ。この高校の女子生徒が行方不明になった件で本家が苛立《いらだ》っている――原因を探って解決しろ、ってさ」

「……というと」

「上位の鬼が、関わっている可能性が高い、って」

「ち、千尋くん、待って」

透子は息を切らしながら千尋を追い掛けた。全速力で。

速歩《はやあし》で校門のあたりまで歩いて行った千尋の背中をみつけて、こけそうになりながらも走る。千尋は透子の不揃《ふぞろ》いな足音に気付いたのかバツの悪そうな表情を一瞬浮かべて、家とは逆方向に方向転換した。透子も慌てて追いかける。

すれ違うクラスメイトから何事だろうかと、怪訝《けげん》な視線を向けられたけど、構わずに後を追う。目立ちたくないという思いは振り切る。

全速力で走ったのだが、残念ながら透子の運動能力は千尋には敵《かな》わない。

九月の痛い陽射しと湿気にやられて、数分も経たないうちに息が上がってしまった。

「……毎日の階段の上り下りで……体力がついたと思ったのに……全然……、だめ」

荒い息をして、日陰に身を寄せて額に浮き出た汗を拭う。

なんだか気持ち悪くなってしまった。

足の速い千尋の背中はとっくに見えなくなってしまっている。

「千尋くん、どこに行ったのかな」

とぼとぼと歩き出してだんだんここがどこかまで、わからなくなってしまった。

ここはどこだろう。神社の北西の方角だと思うが……民家も少なくてなんだか寂しい道に迷いこんでしまったみたいだ。

それになんだか暑すぎてやはり気持ちが悪い。熱中症になってしまったかもしれない。

「倒れて迷子になったらどうしよう……千瑛さんにも、千尋くんにも迷惑かける……」

その前に、追いかけて透子はどうするつもりだったんだろう。

さっきの和樹という青年が千尋となんとなく不仲だというのはわかったが、追いかけたところで事情を聞き出せるとは思わない。

「本当に馬鹿……」

くらっと来て、透子は道端にしゃがみ込んだ。吐き気がする。自動販売機で何か水分をと思ったが、鞄《かばん》を高校に置いてきたのを思い出した。

あらためて、考えなしに飛び出してきた自分に心底がっかりする。

「君、大丈夫？」

頭上の太陽がいきなり遮られ、気遣うような男の人の声がした。

見上げると、その年代には珍しい和服の青年が、日傘をさして透子にかざしてくれていた。どこかで見たことがある人だ。

「大丈夫です。少し陽射しに酔っただけで……」

「顔色が悪いよ、立てる？」

気遣う声と共に手を取られる。真夏だというのにひんやりと、氷のような手だ。

透子が大丈夫ですと弱々しく応じていると……。

「透子！」

焦ったような声が聞こえた。

「おい、大丈夫か！」

「……千尋くん」

汗だくになっている千尋が声の主と透子の間に身を滑らせてきた。そのまま何か勘違いしたらしき千尋が「あなた誰ですか」と警戒の声をあげた。

「私？　そうだな、ただの通りすがりの……」

違う、具合の悪そうな自分に声をかけてくれただけなんだ、と言おうとして透子は勢い良く立ち上がり……、ふらついた。

「ご、ごめん、千尋くん……」

慌てて千尋が支えてくれる。

しかし、透子は起き上がった瞬間の気持ち悪さに耐えきれず嘔吐《おうと》してしまった。吐瀉《としゃ》物で、千尋の制服が汚れて申し訳なさに嗚咽《おえつ》さえ出てくる。

「大丈夫か、救急車を呼ぼうか？」

「だ、大丈夫です……ご、ごめんなさい……迷惑……」

へたり込んだ透子のそばに千尋がしゃがみ込む。どうしたものかなと困り果てた和服の青年の後ろで……場違いに明るい声が聞こえた。

「――どうなさったの、お兄さま。……と、千尋くんに透子さん？　ひょっとして我が家においでになる途中だった？」

透子が顔を上げると、白井桜がきょとん、とした顔で日傘を差して立っていた。

「なるほど、私が変質者に見えた、って事か」

北欧風の黒いソファに優雅に座った和服姿の青年は、湯呑《ゆのみ》を口に運びながらにこやかに微笑《ほほえ》んだ。

「救急車がおおげさなら、家はすぐ近くにあるから涼んでいきなさい」と通されたのは古風な洋館だった。大正時代のドラマに出てきそうな煉瓦《れんが》塀の奥に瀟洒《しょうしゃ》な洋館があって、洋館の中はつい最近建てたのか、というくらい美しくリノベーションが施されている。

吐瀉物を洗い流してシャワーや洋服まで借り、洋館のリビングで透子と千尋は並んでソファに腰かける。

「……申し訳ありませんでした」

「本当にご迷惑をかけて……」

千尋と透子は青年の真向かいに座ってひたすら恐縮した。

二人ともジーンズにTシャツ姿になっている。

「仕方ないと思います。昼間から和服姿で和傘をさした大人がフラフラしていたら、怪しんでしまうもの」

部屋のドアがガチャッと開いて、顔を出したのは白井桜だった。

お盆にあづま庵《あん》のイチゴ大福が載っていて桜は透子と千尋の目の前に並べた。

透子を助けてくれた青年は白井悠仁《ゆうじん》といい、なんと、桜の兄なのだという。

桜も家での普段着は和服なのよ、と可愛らしく笑って着物の袖を千尋に向けて、ひらひらと翻してみせた。大島紬《おおしまつむぎ》という着物だとかで「高価だな」と千尋は感心していたが透子にはよくわからない。

桜は「汚れても、洗いやすいんですのよ。勿論《もちろん》クリーニング屋さんに頼みますが」と笑っていた。華奢《きゃしゃ》でなで肩の桜は和装がよく似あう。

その兄も妹と同じように和服を優雅に着こなしていた。

「透子さん……は、気分はよくなった？」

「ありがとうございます、もう大丈夫です」

「じゃあ、あづま庵さんのイチゴ大福食べる？　君はあづま庵さんの店員さんだから、知っていると思うけれど」

「いつもご利用、ありがとうございます！」

透子は青年に深々と頭を下げた。

この青年、白井悠仁は透子のバイト先の和菓子屋「あづま庵」によく来ていた和服の青年と同一人物だった。どうりでどこかで見たと思ったはずだ。

「あの……せっかく勧めていただいても、まだ頂けそうになくて」

透子は胃のあたりを押さえた。透子は軽く熱中症になりかけていたのかもしれない。

悠仁は千尋に菓子を勧めた。

「じゃあ、君、千尋くん、食べるかい？」

「はい」

にこにこと微笑まれて、恐縮しきった千尋が頂きますと頭を下げた。

「あはは、そんなに恐縮しないで。包んであげるから持ち帰るといいよ」

「本当にすいません……何から何まで……」

千尋は項垂《うなだ》れた。

白井悠仁はゆっくり休んでいくといいよ、と微笑む。

白井兄妹《きょうだい》は帰国子女だから——日本文化を大事にしたいから家では着物姿なんだ、と教えてくれた。家具や調度品は北欧仕様で——生活様式は日本よりも慣れ親しんだ国のものが使いやすいから、ということらしい。

常温の水を貰《もら》って胃を落ち着けた透子は素敵なお家《うち》だ、とついつい部屋の中をきょろきょろと観察してしまった。

ご両親は仕事の関係で外国にいて、二人の他にお手伝いさんがいるのだそうだ。

「神坂さんのおうちの方が、家に来てくれるなんて光栄だなあ」

悠仁が朗らかに笑い、千尋の表情がほんのすこし沈んだ。

「けれど君たちの神社は高校を挟んで反対側だろう？　なんでここまで来たの？」

もっともな事を言われて透子はええと、と言い淀《よど》む。

なんと説明していいかがわからない。

千尋が唇を噛《か》んでそれから言った。

「ちょっと学校で、嫌な事があって、逃げたんです……芦屋さんが追いかけてきてくれて……ごめんな」

透子はブンブンと首を横に振った。

「ううん！　全然。勝手に追いかけたのに吐いちゃって。た、体力がなくて……ごめん」

謝りあう二人に、桜がむぅ、と口を曲げた。

「ちょっと……。二人だけの世界に入るのは、やめてくださる？　非常に不愉快です！」

悠仁は桜と二人を見比べつつ、苦笑した。

「色々あるみたいだね。私は噂《うわさ》の神坂千尋くんに会えてよかったよ」

「噂の？」

千尋が首をかしげ、悠仁は顎に指をあてて、千尋を観察した。

「妹の将来の伴侶なんだって？　未来の義兄の悠仁です、どうぞ末永くよろしく」

「……はっ……！　誤解ですッ！　ただの同級生ですッ！」

思わず立ち上がった千尋に、桜が「きゃっ」と照れた。

「照れなくてもいいんですよ、千尋くん。兄に挨拶にきてくださって嬉《うれ》しいわ」

「語弊がある！　ちがう、照れてない！」

千尋の慌てた様子に、悠仁はけらけらと笑っている。

「あっはっは。伴侶への道はどうやら険しいな、桜！　千尋くん、妙な妹でごめんね。暴走しがちだけどほどほどに仲良くしてやってね。それと、……何があったかよくわからないけど、元気を出して」

悠仁は妹の奇行を面白がっているらしい。服まで借りてしまってと恐縮した二人に、彼はいいから、とタクシーまで呼んでくれた。

「白井も悪かったな、急にお邪魔して」

「お気になさらないで。私の和服姿を千尋くんに見てもらえてすごく幸せよ」

「すごく似合っているな。驚いた」

千尋はなんの衒《てら》いもなく褒めた。そういうところがモテてしまう原因なんじゃないかな、と透子はちらりと思ったが指摘はしない。

千尋からの賛辞に、にこ、とはにかむ桜はたいそう可愛《かわい》くて、透子は思わず自分の姿と比べてしまった。借りた服で比べて落ち込むのも失礼な話だが、ジーンズにTシャツでどこかボロッとした自分が恥ずかしい。

「白井のお兄さんは、何の仕事しているんだ？　外国語の本ばっかりあったけど」

「悠仁は……、兄は翻訳者なんです。外国暮らしが長かったから」

兄妹は普段は名前で呼び合っているらしく桜は言いなおした。

「すごいな」

千尋は羨望の眼差《まなざ》しで、壁一面に備え付けられた本棚を眺めた。

「英語とドイツ語を日本語に訳しているんだ。日本語から外国語に……、はなかなか難しくて、できないけどね」

悠仁も「タクシーが到着したよ」と二人を呼びに来てくれた。

小柄な桜の兄だというのに、悠仁は背が高い。百八十は超えていそうだ。

「制服は洗濯して、桜に持たせるよ」

「いえ、引き取りに伺います」

「そう？　じゃあ千尋君、連絡先教えてくれる？　こちらから連絡をするから」

と、千尋と悠仁の二人はあっという間に連絡先を交換してしまった。

そういえば、透子はまだ千尋のSNSのアカウントを知らない。一緒に暮らしているから不要と言えば不要なのだが、教えてもらっていないことに気付いて、なぜだか非常にショックである。

ショックを受けている透子の隣で、桜も目を見開いて、ワナワナと震えている。

「……お、おかしいわ？　一年半、どれだけ頼んでも私にはアカウントを教えてくれなかったのに……お兄さまには……出会ったその日に教えるの？　なぜ……？　ほわい？」

透子はちょっとだけ、桜の事が好きになった。

二人は白井家を後にして、星護神社までタクシーで戻り、千尋は千瑛に「嫌な事があったからって、勝手にいなくなるな！」とこっぴどく怒られていた。

なんとなく夕ご飯も四人無言で食べて、寝支度も終えて……透子は眠れないなあとベッドの上で半身を起こしていた。

佳乃《よしの》と一緒に準備した調度品は透子の好みでナチュラルな木目のものばかりで落ち着く。祖母の死後、一人で実家にいた時のように寝苦しいということはなかったのだが。

時計をみればもうすぐ十二時だ。さすがに今夜くらいは千尋は寝ただろうかと思っていると、「なぉん……」と可愛らしい声が扉から聞こえてきた。

「小町」

三毛猫の小町が扉の下方のすきまから身を滑らせてきて、タン、とベッドの上に飛び乗った。そしてしきりに「ナオンナオン」と鳴いてくる。そして、扉へと透子を誘導する。

「……来いって事かな？」

透子はパジャマの上にカーディガンを羽織ってそっと部屋を抜け出した。

満月なので境内は明るいが、やはり人気《ひとけ》はないので少し怖い感じはする。小町が誘導する先にいたのは、駐車場で……人影がひとつ。千尋がそこにいた。

外灯の下、無言でバットの素振りをしている。

「なぉん……」

「どうしたんだよ、小町。夜のお散歩か？　早く寝ないとだめだぞ」

あどけない笑顔に戻った千尋がバットを置いて三毛猫を抱きかかえる。

じゃり、と玉石を踏んで、存在を遠回しに報《しら》せながら、透子は千尋の前に姿を現した。

「早く寝ないと駄目なのは、千尋くんもだと思うんだけど……」

「芦屋さん、どうしたの？」

千尋は驚いた顔をした。

不快な表情を浮かべてはいないけれど、小町に向けていた警戒が全くない笑顔は、ぱっと消えてしまっている。

「小町が呼ぶからついて来ちゃった。そうしたら千尋くんがいて。眠らないの？」

「なんか、目がさえちゃって」

千尋にしては珍しく、歯切れが悪い。

「いつも、遅くまで起きているよね。……大丈夫なの？」

「起こしちゃった？　ごめん」

透子はちょっと笑った。

「それ、癖？」

「え？」

「簡単に謝るのは、よくないよ」

神坂家に来たばかりの時に、千尋が透子に言った言葉だ。千尋は呆気《あっけ》に取られて……やや あって、参ったなと頭をかいた。ふ、と肩の力を抜く。

石段の一番上に腰掛けながら、千尋は言った。

「……人に、簡単に謝るなって俺に言ったのは、千瑛だったんだ」

「──え？」

「偉そうに言ったけど、千瑛に言われたことの、受け売り」

それから、ちょっと話していい？　と透子に座るよう促した。

千尋の膝にはここは自分の場所だと言わんばかりに小町が飛び乗って丸くなった。

「簡単に謝っているつもりじゃなかったんだけど、やっぱり謝っておく。ごめんな、放課後、変な場面に付き合わせて」

千尋が苦く笑う。

「似ていないだろ、俺と和樹」

「……和樹さんは、本当にお兄さんなんだね」

千尋は頷《うなず》いた。

「どうせおせっかいな陽菜が話していると思うんだけど、俺の家ってちょっと複雑なんだ。

和樹とも、父親とも関係は最悪で」

透子は視線を泳がせた。陽菜からは内緒ねと言われていたのだ。

「芦屋さん、嘘《うそ》つけないよな」

千尋は肩を揺らす。

「和樹とは母親が違うんだ」

母親が違う？　和樹が年上なのに？　彼は大学生……のようなことを千瑛が言っていた。

では、千尋の父親は離婚歴が二回あるということだろうか。

「サラブレッドがどうの、って和樹が言っていたの。あれ、俺の事なんだ」

和樹が夕方、透子に言っていた言葉だ。

てっきり、透子を侮辱する言葉だと思っていたが……。

「――元々、俺の父親は和樹の母親と恋人同士だった。和樹がお腹《なか》の中にいたとき、相手の人が一般人で神坂とも分家とも関係がない人だからって結婚に大反対されたらしくて」

血統を重んじる神坂の本家は二人の結婚に大反対した。

そうして千尋の父親は恋人と別れ、一族が命じるままに分家出身の女性と結婚して千尋が生まれた。

「和樹の母親はあいつを生んですぐに亡くなって。――そのあと、和樹は神坂の分家の紫藤の家に引き取られてさ。だから名字も違う……」

名義上、紫藤になった和樹だが幼いころは神坂の本家の離れに住んでいた。

「俺は本家の母屋に。和樹は離れにいて……」

小さな頃の千尋はそんな事情を知らずに「親戚の和樹お兄ちゃん」に懐いた。

神坂の家の人間は、ほとんどが見鬼や退魔の能力を持つ。透子や千瑛のように。

和樹も幼い頃からヒトではないものをよく見ていたという。近い血縁の二人から生まれた千尋にも当然、それが期待された。だが……。

満月を見上げながら千尋は、ポツリと言った。

「あるはずの才能が、俺にはなかった。何も見えないし、聞こえないし……」

息子に落胆した千尋の父親は和樹を認知して、跡取りとして引き取ると言ったらしい。

――その時初めて千尋の母親は、父親の裏切りを知ったのだ。

反発した母親が家を出て、結局両親は千尋が小三の頃に離婚した。

「それでも、母さんと二人でやって行けばいいって思っていたんだけどさ。俺が知らなかっただけで、両親の仲は結婚直後からとっくに冷え切っていて。離婚したときには母さんには、俺より大事な人がいた。親父《おやじ》と結婚する前からずっと好きだった人がいたんだ」

一年が過ぎたころに母親は再婚して翌年には父親の違う妹が生まれた。

母親を祝福して新しい家族に馴染《なじ》もうとしたけれど、どうしても母親の再婚相手とも妹ともうまく付き合えずに、千尋はだんだん眠れなくなった。

祖父母の家に避難したこともあったけれど、歓迎されなかった。

「母方の祖父母も分家筋で、そういう方面の能力があるんだ。だから、母方も父方も関係なく親戚は皆、俺を見るといっせいにため息をつく」

（当てが外れた）

（この結婚は失敗だった——千尋は出来損ないだ）

それが神坂の家から与えられた千尋の評価だ。

「そんなの」

透子はさっと血の気が引くのを感じる。

「両親にとっては腹が立つ話だよな。お互い恋人と別れて、好きでもない相手と家のために結婚したのに。結婚は失敗で、息子は出来損ないで。我慢し続けた十年間はなんだったのかって後悔しているんだ。俺の存在ごと」

そんなことはないはずだ、きっとご両親は千尋くんのことが大切だよ。

なんて無責任な気休めを透子は言えなかった。

透子の母親は五歳の頃から行方不明で……父親は十歳の頃に他界した。親の愛情がどういうものなのか、いまいち透子にもわからないのだ。

「和樹は和樹で、親父と同じ仕事をしているけど——、母親が死んだことをたぶん、恨みに思っている。ずっと」

透子は夕方目にしただけの、どこか酷薄な雰囲気の青年を思い浮かべた。

千尋の話が本当なら、彼も大人たちに振り回された被害者だ。

だけど……千尋に当たるのは、絶対に八つ当たりだ。

「中学に上がる前に、俺がいよいよ体調もおかしくなりかけてさ、千瑛が見るに見かねて、星護神社で一緒に住もうって、誘ってくれたんだ」

――ごめんなさい。何も見えなくてごめんなさい。

――声も気配もわからなくて、ごめんなさい。

――お母さん、ごめんなさい。僕がいるせいでお母さんはいつも悲しそうでごめんなさい。

「その頃かな、謝るのが癖になっちゃってさ。千瑛にこんこんとやめろって諭された」

千瑛が千尋の避難場所になってくれたらしい。

だから二人の仲は特別なのだ。

「芦屋さんはいいなって」

千尋は小町を抱きしめて、柔らかな毛並みに顔をうずめた。

「え？」

「ひどいだろ。霊をみるたびに芦屋さんは怖がっているのに。その見鬼の能力が俺にあればいいのになあって。……そうしたら俺は無価値じゃなくなる」

「無価値だなんて」

透子は言葉を失ってしまった。

神坂の家に来て一か月あまり、透子の目から見た千尋は、頭もよくて運動もできて優しくて、どこから見ても完璧だ。学校で彼に憧れる人間は男女を問わず多いはずだ。

「千尋くん、だから今もあまり眠れないの？」

「眠らない癖がついた。よくないとは、わかっているんだけどな」

それで、遅くまで勉強をしていたわけか。

「……私ね」

「うん？」

透子はお腹に力を込めて言った。

「霊が見えるんだけど、今まで……何もできなかったの。ただ怖くて逃げていただけ。だから、今日千尋くんが、けんちゃんの頭を撫《な》でて優しくしたのを見てびっくりした」

怖かった、と千尋は言ったけれど——霊の男の子は嬉《うれ》しかったはずだ。

寂しい心に寄り添ってくれて。

——透子は今までずっと、怖いものを見かけたら無視してきた。逃げてきた。

けれど、それは本当に正しい対処方法だったのだろうか？　透子が逃げたせいで、あのヒトたちは、鬼になってしまったのかもしれない。

そして、誰かを傷つけたのではないか。

「すごい、って思ったの。私が十七年かけてもできなかったことを千尋くんはあっさりやっちゃうんだな、って。本当に、かっこよかったよ！　だから！」

ぽろぽろと涙が落ちてきたので、透子は慌てて千尋に背中を向けた。

感情が昂《たかぶ》ったせいで勝手に出てくる涙を恥ずかしく思いながら乱暴に拭うと、透子はくるりと振り返って、背の高い遠縁の男の子を見上げた。

千尋は透子の涙にオタオタしていて、それが可笑《おか》しくて笑ってしまう。

「初めて会った時に荷物を持ってくれたのも助かったし、すぐに謝るなって指摘してくれたのもすごい……、嬉しかったの。陽菜ちゃんにさりげなく私の事頼んでくれたり、クラスメイトのみんなに溶け込みやすいように気を遣ってくれたでしょう？」

図星だったのか、千尋はきまり悪げに視線を逸《そ》らした。

「部活を頑張っているのも尊敬するし、模試の順位、勝てなくて残念だと思ったよ」

「模試は、次も負けねー……」

ぼそっと言うので、透子もあははと笑ってしまう。

「私ね、地元でどこにも居場所がなかったの。千尋くんが羨ましい、っていう力を持った、奇妙な子だったから」

一緒に暮らしていた大好きな祖母でさえ、透子の力がなくなるといいのに、と困っていた。ぶっきらぼうに見えて優しいすみれは透子が傷つかないように、といつも気を配ってくれたけれど、彼女は家族と透子の間で神経をすり減らしていた。

そんなすみれを見るのはいつも申し訳なくて辛《つら》かった。

「神坂のおうちにお邪魔させてもらって、すごく楽に息が出来るの。それって千尋くんがいてくれるからだよね。いきなり現れたのに、大切な場所なのに、嫌な顔ひとつせずに受け入れてくれて……ありがとう」

透子は微笑《ほほえ》んだ。

「千尋くんはすごい人だし無価値じゃないし、いてくれて、私は嬉しい」

千尋はしばらく沈黙すると、ふ、と破顔した。

「……ひとつだけ、訂正していい？」

「うん？」

「邪魔なんかじゃない。透子がうちに来てくれて嬉しい。ここが、俺たちの家だろ」

「そうだね」

芦屋さん、じゃなくて名前を呼ばれたことに気付いて、なんとなく気恥ずかしくなる。

そういえば、悠仁の前で倒れそうになった時もそう呼ばれていた。

距離が近づいたみたいに思えて嬉しい。

「改めてよろしく」

手を差し出されて握り返す。——と千尋が妙な顔をして透子の背中の向こうを見た。

「うん！」

「ど、どうしたの？」

「いや、その毛玉……」

「わっ！　きゃっ！」

透子は足元をみて飛び跳ねた。

(ミエテタ)

(オレタチノコトヤッパリミエテタ！)

(アソンデ、アソンデ)

二人のすぐ足元にサッカーボール大の毛玉が三つある。

透子が初めて星護神社にきたときに見た毛玉だ。

あの時は小さかったのに、やはり大きくなって足元にまとわりついている。最近は見なくなったから、いなくなったものだと思っていたのに。

「——これ、大きくなっている！」

透子は言いながらサッと千尋の背中に隠れた。千尋がちょっと呆《あき》れた顔で見た。

「なんか俺、いま、盾にされてない？」

「しているかもっ……」

「あ、やっぱり透子に触れると……見えるな」

前に見ていてもやっぱり怖いのだ。千尋は初めて見たはずなのに、少しも怖がる様子がない。

「なんなんだろうな？」

たぶん、小動物の霊とかそんなものなのだろうと思うのだが、知識不足の透子にはわからない。毛玉がぴょんぴょんと戯れて来るのを透子はひぃっ！　と怯《おび》えて、千尋は何を思ったか、バットを持つと躊躇《ためら》いなく、エイッと毛玉その一に振り下ろした。
（ギャン）
（ワア！　ヤラレタ、ヒドイヒドイ）

（ナンダッテー）

毛玉その一は憐《あわ》れな声をあげて霧散し、毛玉その二とその三がイキりたった。

ぷんぷんとフワフワの毛を逆立てて怒って？　いる。

「なんか、……物理攻撃が効いた？」

千尋がちょっぴりワクワクしている。

だめだこの子、思考が結構体育会系だ！　透子は思わず声を荒らげた。

「千尋くんなんてことをするのっ！　反撃してきたらどうするのーっ！」

「え、だめ？　危ない？」

「危ないよ！　夕方も千瑛さんに怒られていたじゃない？」

会話する二人とじりじり距離を詰めながら、残された毛玉二つがモソモソと身を寄せ合う。楕円形《だえん》に変わった毛玉はぴょんっと跳ねて飛び掛かってくる。

（クラエッ）

「わ、危ないなっ！」

千尋は反射的に毛玉をボールみたいに打ち返した。たちまち毛玉は霧散して、先程ばらばらになった毛玉とあわさって再び塊になり、シャーと小町が全身の毛を逆立てた。

「……あれ？　合体してなんか、お、大きくなってないか」

「千尋くんが、叩《たた》くからだよっ」

大きくなった毛玉が襲い掛かってくる。二人はわあ！　と身を躱《かわ》して逃げた。うちに戻って千瑛を呼んで来ようと思ったのだが――。

「なぉーん」

（ネコチャン）

ぴたりと毛玉が動きを止めて、小町をじぃっと見つめ小町の上に乗ろうとする。

「小町っ！」

千尋が慌てて毛玉を引きはがす。

「小町ちゃんっ！」

透子は逃げ出した小町を慌てて抱きしめ、その場でしりもちをついた。

それから、うちに向かって叫ぶ。

「千瑛さんっ！　た、大変ですっ」

（ネコチャンバッカリ、ズルイ！　チヒロ、オレトモ、アソンデ……アソンデ！）

毛玉がぴょんぴょん飛び跳ねて千尋を襲っている。

それを器用にかわしながら千尋はバットを振り回した。

「俺は毛玉も霊も好きじゃないんだよッ！　猫になって出直して来いっ！」

千尋が毛玉にバットを直撃させる。

ぽんっと音を立てて、毛玉が再度、霧散する。

「やったか……？」

千尋は呟《つぶや》いたが、透子はあんぐりと口を開けた。

それだけならばともかく、霧散した羽根のようなものは、また集まって、ふわふわとした白い毛玉を形作って、トントンと軽い足音を立てて、千尋の足元に舞い降りた。

「オレっ、ネコチャンになるっ！　なった！　チヒロと遊ぶっ！　ね、あそぼうよー」

――真っ白な塊は、赤い目をした猫……みたいな形をして、しかも喋《しゃべ》りかけてきた。

千尋はバットを持ったまま、しゃべる物体を呆然《ぼうぜん》と見下ろした。

透子も小町を抱いたまま、まだあんぐりと口を開けて視線は毛玉の成れの果て、に釘付《くぎづ》けになっている。透子の腕の中にいる小町は瞳孔を大きくひらいて「うにゃにゃ」としきりに訴えかけてくる。なんか変なのがいると訴えているようだ。

「び、びっくりだよね、小町」

「にゃ」

千尋の足にまとわりつくのは、白いぽふぽふとしたどう見ても猫だった。いや、猫又というべきか、ふわふわのしっぽの先が二つに分かれている事と人間の言葉で喋ってくる以外は全く猫に見える。

「ね、チヒロ、あそぼ、あそぼ。オレちゃんと猫になったよ」

千尋がどうしよう、と頭をかいて、戸惑ったように猫を撫でようとする。

白猫が喜んでその手に触れようとした瞬間――。

「千尋、触れるな!」

鋭い千瑛の声が聞こえて白い札が飛んでくる。

札は白猫に吸い寄せられるように張り付いて、白猫はぎゃん、と犬のような悲鳴をあげた。そのまま硬直して後ろに倒れる。ジャージ姿の千瑛はあきれ顔で二人を見た。

「……二人して部屋にいないと思ったら、一体……何をしでかしているんだ」

透子と千尋は無言で顔を見合わせ、あわせ鏡のようなタイミングで首を捻《ひね》る。

「……な、なんだろう? 毛玉が三つあって、一つになって」

「千尋さん、その猫、変なんです。実は元は毛玉で、あっ！　今、喋っていました！」

千瑛は混乱する二人を見ながらあーあ、と首を捻った。

「説明は家の中でしてもらおうか」

言いながら二人を促す。

ついでに、硬直して石段に倒れたままの白猫の首根っこを摘まみ上げると、厄介なものを……と顔をしかめた。

「千瑛、それなんなんだよ？」

「なんなんだよ、じゃない。おまえと透子ちゃんが無自覚に作ってしまった、式神だよ」

千尋と透子は目を丸くして、うにゃうにゃと言いながら硬直している白猫を見る。

ついでに小町までもが大変だとでも言いたげに、「にゃー」と相槌《あいづち》を打った。

第四章　おひいさま

十月の後半になると星護町《ほしもり》も肌寒くなってきた。

九州から関東に引っ越してきて三か月近く。透子《とうこ》の朝のルーティンも定まってきた。

朝は六時起床。身支度をおえて七時から四人そろって朝食をとる。

神坂《かんざか》家の朝食は週替わりの当番制で作るのが決まりで、今週の当番は千尋《ちひろ》だ。

千尋の所属する野球部も秋の試合に敗れてしまったので年明けまでは朝練はないらしく、この数週間はのんびりとしていた。

文武両道な完璧少年の熱意は料理には全く向かわないようで、食パン、茹《ゆ》で卵、牛乳で終わりなのだが、彼の愛情を一身に受けている猫の小町《こまち》には、ちゃんと手作りのキャットフードが出る。

それから……。

「ねえ、チヒロー。今日のオレのごはんは、なあに？　ねえ、なあに？」

しっぽが二つに分かれた白猫はぴょんぴょんと跳んで、千尋と透子に質問した。千尋が猫の頭をなでると、白猫はうっとりと目を細めて喉をごろごろ鳴らした。

「メザシ」

「メザシー、このお魚、オレ初めて食べるよぉ。すごーく、いいにおいするー」

どういう理屈なのかはよくわからないが、透子と千尋が格闘して追い払った毛玉は猫の姿になって一緒に暮らしている。

毛玉は神社のあたりを長年彷徨《さまよ》っていた害のない霊だったのだが、千瑛《ちあき》がいうには「二人に降《くだ》されて」式神になってしまった、との事だった。

ついでに千尋が「猫がいい」と望んだばかりに猫の姿をとってしまったのだと。

奇妙な式神を不審に思った千瑛は猫をすぐに消そうとしたのだが、怯える猫を見て透子が可哀《かわい》そうだから消さないでくれと訴え、千尋まで「小町と一緒に飼ったらだめか？」と懇願するので……結局、千瑛が折れた。

なので、白いほわほわの毛並みに赤い目をした式神は、猫のフリをして小町と一緒に神坂家のリビングを根城にしている。

「だいふく、お行儀が悪いからお皿の中でお魚は食べなさい」

「はぁい」

白と赤の色味から千尋に「だいふく」と名付けられた猫はタタタと椅子から降りると透子の足元にちょこんと座ってメザシを待った。

小町にはキャットフードを、何故《なぜ》か人と同じご飯を食べるだいふくにはメザシを少し冷まして準備し、皿に盛ると千尋は白猫に言い聞かせた。

「だいふく。今日も一日小町といい子にするんだぞ？　約束は覚えている？」

「オレいい子。小町と遊ぶ、神社からは出ない、家族以外の前ではニャッて鳴く！」

「よし」

千尋がメザシを渡すと、だいふくは尻尾を振りながら機嫌よく食べた。

透子と千尋は猫たちが朝食を食べるのを見届けてから学校へ向かう。ここまでが神坂家の、いつもの光景になりつつある。

行ってらっしゃい、と高校生二人を見送った佳乃《よしの》は、今度はじゃれあう猫たちの平和な光景を眺めはじめた。彼女も猫好きなのである。

千瑛といえば難しい顔で猫たち……、というよりだいふくを観察していた。

「透子ちゃんも学校に慣れてよかったわあ。千尋くんも最近はよく眠れているみたいで」

佳乃の言葉に、だいふくは顔をあげて赤い目を輝かせた。

「それはオレが一緒に寝てあげているからだよ。オレがいると、ふわふわで安心するって千尋が言っていた！　えへへ。千尋はね、オレの事が好きなんだ」

「そうかそうか、よかった……のか？」

千瑛がこめかみを押さえながら、猫に応えた。

「うん！　よかった。オレ、千尋と遊べて楽しいっ、透子と遊べて嬉《うれ》しいっ」

じゃれつく猫には構わずに千瑛は空中で印を描いて指を振る。

途端にスズメと同じくらいの大きさの白い烏《からす》が現れた。白波《しらなみ》と言う千瑛の式神だ。

「白波、今日も二人を見守っていてくれる？　危ないことがあったら僕に報《しら》せて」

白鳥《はくう》は分かったというように一声鳴いて、ふぃっと姿を消した。

「わあ！　鳥さん消えちゃったあ、千瑛、すごいねえ」

だいふくは姿を消した鳥に目を丸くしてチョイチョイと本物の猫がするように、前脚を動かしている。小町が外へ駆けだすと「オレも遊ぶぅ！」とご機嫌に駆け出してしまった。

「だいふく、にゃあって鳴くんだよー」

「にゃあ！」

言っても無駄かなあと思いつつ、ご機嫌な尻尾に声をかける。

……確かに、高位の術者が作った式神は言葉を操ることもある。見る力のない人間にその形を認識させる術《すべ》がないわけではない。

だが、あんな風に誰にでも見えて、本物の猫のように実体を保ち続けるものなんて聞いたことがない。あれは……式神というより……千瑛は難しい顔で眉間の皺《しわ》を深くした。

「不思議やねえ。私は見えるだけの人間やけど、あんな式神は初めて見たわ。だいふくちゃんは、まるっきり猫と一緒！　ちょっとすごいわあ」

「佳乃さん、だいふくのことは誰にも……」

「わかっていますよ。本家にばれたら、どうせろくなことを言ってこないでしょう？　おロにチャックします」

「ありがとう、佳乃さん」

千瑛は新しい式神の事を神坂の本家には報告していない。

物珍しさで千不由《ちふゆ》あたりに取り上げられそうだし、そうすれば千尋も透子も落胆する。それに作られた経緯を穿鑿《せんさく》されると厄介だ。もしも誰の式神か、と問われれば自分が作ったと申告するしかないが……今まで言葉を操る式神を作ったことのない千瑛の言葉を、神坂の本家は信じるだろうか。

そもそも、あの式神を作ったのは透子だろうか。千尋だろうか。

何の能力もない、と自嘲する従弟《いとこ》の横顔を思い浮かべる。自分が無能力者だと信じて疑わない千尋は透子がだいふくを降したと当たり前のように思っているが……。

透子にはおそらく、並外れた見鬼《けんき》の才能があるだろう。だが訓練なしに式神を作ることができるとは考えづらい。――いいや、ひょっとするとそれすらも可能な能力が彼女にはあるのだろうか。

悩む千瑛の目の前を、猫たちがじゃれながら猛スピードで駆けていく。

あの、害もなく神社の近辺で揺蕩《たゆた》っていただけの低級霊三つが何故か一つになって。

更には肉体を持った猫になった。

「あれは式神じゃ、ないんじゃないか？　むしろ……」

千瑛は言葉を呑《の》み込んで、千尋と透子が通っている高校の方角を眺めた。

――まるで反魂のような。


「大道具できた？　壁のところぉ」

「大丈夫！　あ、待って、ここのセット壊れている。釘《くぎ》、釘どこにある？」

十月の星護高校は、文化祭の準備でちょっと忙しい。

クラスごとに企画を立てて、十一月の初めに披露する。

透子たちのクラスでは英語劇を披露することになった。

演目は定番だが、オズの魔法使い。

主人公には桜《さくら》が自薦で決まり、千尋も本人はものすごく嫌がっていたが、メインキャストのライオンに抜擢《ばってき》され、出番になると近くのクラスの女子生徒たちがチラチラと観《み》にくる。

「私はロミオとジュリエットがしたい」

と桜は主張したのだが……。

「無理。台詞《せりふ》が難しい！」

と即座に却下されてしまった。

「……千尋くんと恋に落ちたかったのに」

劇の上で千尋との恋に破れた（というか始まらなかった）桜はたいそうがっかりしていたがすぐに立ち直り、「私こと白井《しらい》桜の美しさを全国に見せつける時」という使命感に駆られて全力で頑張っている。

「白井さん、さすが本場の発音はきれい」

クラスメイト達も帰国子女の桜の英語に感心している。桜の発音は淀《よど》みなく綺麗《きれい》だった。指導に、と担任で英語教師の柴田《しばた》が観に来たが桜の発音を絶賛していた。

「特に教えることはないわね、私が教わりたいくらいよ」

柴田が笑う。

三十過ぎの落ち着いた英語教師は、だけど、とちょっとだけ首を傾《かし》げた。

「白井さんの発音は少し古風なのね？」

そんなことまでわかるのか、と透子が柴田をみると、柴田はちょっと肩を竦《すく》めた。

「時代による英語発音の変遷……というのが私の大学時代の卒業論文だったんだけど、読みたい人いるかしら？」

生徒たちはみな首を横に振った。桜だけが素敵ですね！　と目を輝かせた。

「向こうでは年配者とばかり暮らしていましたの。だから古風なのかもしれません」

日本語も子供の頃に英国に移住した祖父母に教わったらしい。

だから日本語の言葉遣いも、どこか、古い感じなんだろう。

ちなみに透子はプロンプターという、台詞を舞台の陰で出す係をやっている。カンペを出すだけの楽な役と思っていたけど、今がどこの場面か頭に入れる必要があり、実はかなり大変だった。脚本を一冊全部覚える羽目になる。

「発音難しい……白井、ここの箇所どういうの」

「あ、それはね……」

千尋の質問に桜が頬を染めて答える。ありがとう、と千尋は礼を言った。

「わからなければ、兄がいつでも教えるって言っていました。最近は仕事が暇みたいで誰かと喋《しゃべ》りたい、って。……また週末にでも、いらっしゃる？」

「じゃあ遊びに行こうかな」

制服を受け取りに白井邸に行ってから、千尋は妙に白井悠仁《ゆうじん》と仲がいい。

何回か悠仁の所へ遊びに行っているようだった。

「芦屋《あしや》さん、ちょっと」

透子がぼけっと二人をみていると、クラスメイトの女子三人に囲まれる。

透子はなに？　と首を傾げた。

「あのさ、千尋くん最近白井とすごく仲がいいんだけど。許していいの、あれ」

思いもよらぬ指摘に、透子は台本の確認をしている二人に視線を戻した。

付き合ってはいないと思うけど、……単なる同居人にはわからない。

「確かにお似合いだよね。なんか今週も白井さんのお家《うち》に英語を習いに行くって」

「くそー白井っ！　抜け駆けしてっ！　芦屋さんも見張ってくれなきゃ困るよ」

「え、ええっ？」

女子生徒三人は義憤？　にかられ、桜と千尋の会話に割り込んだ。あっという間に話をつけると、主要キャストとなぜか透子まで白井邸にお邪魔することになってしまった。

その行動力に呆気《あっけ》にとられていると、小道具を作る手を休めた陽菜《ひな》が笑う。

「親衛隊、殺気だっているなあ。実際、白井と千尋って何かあったの？」

「……なんかね、桜ちゃんのお兄様が翻訳家らしくて。千尋くんお仕事に興味があって何度かお邪魔しているみたいでは……あるかな」

「まさか和服の君が白井のお兄様だったなんてね。世間は狭いわ。……職業、翻訳家かあ。そういや千尋、大学に進んだら留学したいとか言っていたもんね」

「留学！」

神坂家とうまく行っていない千尋は、町から離れることにも憧れがあるのかもしれない。

「近くにいても、何も知らないんだな」

透子はため息をついた。

「千尋くんと一緒に暮らすなんて許せない！」と最初は透子を警戒していた千尋ファンの女子生徒たちも、同居して三か月経《た》ってもどうやら千尋が普段と変わらず、透子にそういう意味では無関心なのを悟ると矛をおさめた。

「面白かったよねー、透子が転校してきた直後、髪の色を黒に戻してストレートにしていた子、何人かいたもん。透子の事、彼女だって勘違いしていたみたい」

「……そんなことが……」

透子自身は全くそんな現象に気付いていなかった。

「大丈夫、みんなそろそろ勘違いだって気付いたから。偽モノ透子は減りつつある」

「か、勘違い」

そういえば最近は千尋を巡る障害物と言うよりも、監視員や伝達係として重宝されはじめている気がする。おかげでクラスメイトに馴染《なじ》めてありがたいのではあるが……。

自分が知らない間に舞台に上げられ勝手に戦力外通告をされたことに、ちょっぴり複雑でもある。

「どうせ私はただの同居人でなんの関係もないんだけど」

呟《つぶや》きが思わず漏れてしまって、慌てて口をつぐむ。

幸い隣にいる陽菜には何も聞こえなかったようだ。

前を向きそっと桜と千尋を観察すると、二人は身長差もあって深窓の姫君と王子様みたいで、すごくお似合いだ。どうしてだか透子は目を逸《そ》らしてしまった。

「英語劇のために白井家に行くなら多人数がいいかも。最近何かと物騒だし」

「行方不明のこと？」

うん、と陽菜は頷《うなず》いた。

透子が夏休みに陽菜の家業の和菓子屋「あづま庵《あん》」でバイトをしたのは、そもそもが元々働く予定だった大学生がドタキャンをしたからだ。

ところが、彼女は実はキャンセルをしたわけではなく、行方不明になっていたことがわかった。忽然《こつぜん》と消えた二か月後、ふらりと彼女は戻ってきたというのだが……。

「彼女、まだずっとぼんやりしているんだって。怖い目に遭ったのは確からしいんだけど、何があったか話せないらしくて」

それだけではなく、星護高校の生徒も二人……行方不明になっているというのだ。

三年生と一年生が一人ずつ。どちらも女子生徒だ、互いに面識がないので一緒に家出したとは考えにくい。

「他の高校にも行方不明の子がいるっていうし……絶対、変質者だよねえ」

少女ばかりが狙われるというのも恐ろしい話だ。

「髪が長い子ばかり狙われているらしいから、芦屋さんも気をつけた方がいいよ」

先ほど千尋と桜の接近に怒っていた女子生徒が話に割り込んできた。

「そうそう。髪の毛フェチの変質者なのかもね、犯人」

「髪の毛、肩のあたりまで切ろうかな」

透子が真剣に検討していると、会話に気づいた千尋が大丈夫だって、と笑った。

「透子の髪、せっかく綺麗に伸ばしているのにもったいないじゃん。俺、送り迎えちゃんとするし、守るから切らなくていいよ」

「あ、ありがとう」

「じゃあ、帰ろうぜ」

千尋が透子を促し、呆気にとられた面々が残された。周囲は千尋の台詞においにざわついたのだが、本人は全く気付いていない。

陽菜が呆《あき》れたと呟きながら額に手を当てた。

「あいつの、あの無自覚王子様ムーブ、なんとかならないのかねえ」

「どうしよう……、今、すごくときめいてしまった」

頬を押さえた透子に、陽菜が、だろうね！　と笑う。

千尋のファンたちによる嫉妬の視線が痛いので、そそくさと透子は千尋のあとへ従った。

「千尋くん、私のこと弾除《たまよ》けにつかってない？」

「……そ、そんなことないって！」

小声で抗議すると千尋は否定したが、間があったのがちょっと納得いかない。

千尋と悠仁が約束した金曜日。

クラスの十人ほどが白井邸へお邪魔し、英語の指導を受け終えるとあたりはほとんど真っ暗になっていた。

白井邸に残っているのは千尋と陽菜、それから透子だけだ。

「皆帰ったけど、君たちのおうちは大丈夫？」

悠仁は珍しく洋装だ。大丈夫ですと透子と千尋が声をそろえて返事をする。

そのとき、ヒューと甲高い笛の音、太鼓、それから何人かが歌を唱和する声が聞こえてきて、透子は首を傾げた。

「……お囃子《はやし》？　夏祭りかなにかですか？　秋だけど」

「ああ、ひぃさんのお囃子だ」

「そっかあ、もうそんな時季だっけ」

千尋が言うと陽菜も声をあげた。

「ひぃさん？」

透子が目をぱちくりとさせる。その隣で桜も首を傾げた。

「そういえばこの忌まわしい笛、去年もピーヒャラピーヒャラ鳴っていましたわね」

「忌まわしいって失礼な……。あ、でも、そういえば白井も地元っ子じゃないもんね」

千尋と陽菜が顔を見合わせた。

「海の近くに寂れた神主さんのいない神社があるんだけどね、その周辺の氏子さんたちが『ひぃさん』を祀《まつ》って練り歩くの」

「神社？」

「昔は星護神社が管轄していたんだけど、戦後に管理するのが大変になったから、って星護さんが手放した社でさ。今は町が管理しているんだ」

普段は訪れる人も少ないんだけれど、と生粋の地元っ子である陽菜が説明してくれる。

「三十年位前に町おこしに利用しようとして始めた行事なんだって。地元の歴史家がこのあたりの伝承をひっぱりだしてきて、アレンジしてお祭りにしたの」

「伝承」

透子が繰り返すと、千尋が答えてくれた。

「おとぎ話みたいなんだけど」


昔、昔……平安末期の頃。

海辺の神社に夫婦が住んでいた。夫婦の間には姫があり、姫はまばゆいばかりに美しく、姫の両親は「いつか殿様に娶《めと》らせよう」と大事に姫を育んで——閉じ込めていた。

そんなある日、恐ろしい鬼が気まぐれに神社に立ち寄って姫に気付いた。美しいものが大好きな鬼は姫を一目で気に入って「神社から連れ去ってやろう」と持ち掛ける。

姫は貧しい鬼とは一緒に行けない、私を望むなら財を見せろと言ってそれを拒む。

鬼は姫が喜ぶならと、自分が貯《た》めた刀剣や金塊など、宝を山と持ってきた。

姫は鬼の住む遠いところまで歩いては行けないと言って、鬼と一緒に行くのは嫌だと拒む。鬼はそれならば、と黒毛の馬や立派な船を神社の近くに持ってきた。

姫は今度は鬼や鬼の手下の見た目が醜いのが嫌だと拒む。鬼たちは美しい公達《きんだち》や姫君の皮をかぶって現れた。姫は彼らの姿を気に入り、婚姻をようやく了承する。

姫は婚姻の宴《うたげ》を開くといい、鬼は姫のすすめるままに飲んで歌って舞って泥酔し——。

「姫様は、鬼に紛れて婚儀に参加していた人間の若武者に刀をあたえました。若武者は鬼の首をざっくりと掻《か》っ切って……」

「姫様は若武者と結婚して鬼の財宝をもとに、このあたりを栄えさせました。めでたし、めでたし。で鬼を討ったお姫様……、おひいさまの機転を称《たた》える祭りなんだよね」

千尋と陽菜の説明に、桜と透子は顔を見合わせた。

「今の話、めでたかったの？　オカルトでは……」

透子は言いながら神坂の始祖の話を思い出していた。

神坂の始祖は鬼を斃《たお》す力があったから、戦えた。けれど今しがた陽菜が話してくれた「おひいさま」は無力ゆえに、恐ろしい鬼を騙《だま》し討ちで殺すしかなかったのかもしれないが。

「鬼が可哀《かわい》そうすぎますわ！　自分が姫に与えた刀で殺されてしまうなんて！」

透子もそう思う。

最後に裏切るつもりなら、鬼の恋心を利用してあれこれ貢物をもらわなくてもよかったのではないか。鬼が可哀そうだ……。

桜の批難に千尋が首を傾《かし》げた。

「昔話なんてそんなもんじゃないのか。鬼に酒を飲ませて討ち取るのはよくある話だし。第一、伝承が真実とは限らない。生き残った人間が都合よく変えていくものだろ？」

自らは関わっていないとはいえ、鬼を退治する一族の人間としてはずいぶんな感想だ。

「そもそも、いきなり家に入ってきた鬼に求婚されても怖いし」

陽菜もドライな感想を述べる。

このあたりに子供のころから住む人間には、あたりまえの伝承らしい。

二人の感想に、悠仁が苦笑した。

「鬼の財宝も、元はどうやって集めたかはわからないしね……。ひょっとしたら、そもそも、一目ぼれなんて嘘《うそ》で、神社に忍び込んだのも窃盗目的だったかもよ？」

確かに。泥棒を撃退した話だとすればおひいさまの気持ちもわからないではない……。

「悠仁さんは地域の伝承にもお詳しいんですか？」

透子が聞くと、悠仁は手を振って否定した。

「まさか！　でもオカルトマニアなんだ。星護町には本物がいる……って聞くからわくわくするよ」

千尋がすこし、身構えた。

「……会ってみたい、とか思うものですか？」

「いやいや。遠くから見たいだけ。鬼とか、会ったら怒られそうだし、怖いし」

「怒られるどころか。殺されますわ、お兄様」

悠仁はそうだね、と笑うとお囃子の聞こえる方向を指差した。

「せっかくだからみんなも行列を見ていったら？　屋台もいくつか出るみたいだよ」

「参加したいんですけど明日は朝から店の手伝いなので、私は失礼します」

残念がる陽菜を迎えに、あづま庵の女将《おかみ》さんが来て、透子と千尋が取り残された。

せっかくなら、と桜が着物を出してきた。

「よければ着物で一緒に行きませんか？　ちょうど二人に合いそうな着物があるの！」

透子は遠慮したが、案外ノリのいい千尋に押し切られて着物を着ることになった。

「ゆ、浴衣じゃないんだ？」

「浴衣を着ていいのは、せいぜい九月までです！」

なぜかぷんぷんと桜が怒り、あはは、と千尋は笑っている。部屋をお借りしますと言って千尋は悠仁と姿を消してしまう。

桜が用意してくれた着物は淡い桃色の生地に、いくつもの鮮やかな撫子《なでしこ》の花が染めてあるものだった。栗色《くりいろ》の帯には真ん中に秋草（というらしい）の刺繍《ししゅう》がしてある。

「撫子柄、素敵でしょう？　私、大好きなのです。親戚から譲ってもらったアンティークですけど、私には少し身丈が大きくて」

「私には華やかすぎない？」

私服でも無難な色を選びがちな透子は気後れしてしまう。

「あら？　若い方は鮮やかな方がいいんですよ」

「桜ちゃんも若いけど……」

「ふふ。着付の先生の受け売りですの」

浴衣ではない着物を着るのは初めてなので、透子はなすがままになっている。帯を締めるたびにキュ、キュと衣ずれの音がして身が引き締まる思いがした。

「神坂のお家《うち》なら、いっぱい着物もあるんじゃないですか？」

「本家にはご挨拶にも行ったことがないの。でも、そんな感じのお家なのかな」

「有名ですわ！　本家の方々を、実はちらりとお見掛けした事があるのですが」

桜はうっとりとした。

「皆さま仕立てのいい粋なお着物を着ていらして。行くときはぜひ、私も連れて行ってくださいね！　いろいろと見て回りたいわ」

「お呼ばれすることと、あるかなあ」

本家は隣の市にあるということだから挨拶に行けばいいのだが、千瑛は「どうせ正月には本家に一族皆が集まるんだから、それまで必要ないよ」と言う。

押しかけるには透子の勇気が足りない。噂《うわさ》を聞けば聞くほど敷居《しきい》が高すぎる。

「はい、完成です！」

桜は透子の髪までまとめてくれて、鏡に映る自分に見入ってしまった。髪型のせいもあっていつもより表情も明るく見える。

「髪型可愛《かわい》い……！　ありがとう、桜ちゃん」

コーディネイトに合わないかな、と数珠を外し借りた袱紗《ふくさ》にしまって帯の間にいれる。

透子が喜んでいると着物をきた悠仁と千尋が戻ってきた。濃紺のオオシマ（というらしい）を博多織《はかたおり》の帯でかっちりしめて粋に着こなした千尋は悠仁にしてもらったのか、前髪を後ろになでつけている。ぐっと大人びて見えて透子はどきりとした。

「……推しが……尊い……。っ、罪深すぎる」

桜は口元を手で押さえ、はわわと呻《うめ》く。

「白井も透子も着物が似合うよな。すごく綺麗《きれい》だ」

「も、もうだめ」

千尋が無邪気に褒めたせいで少女二人はその場で固まったのだが、千尋は気づかない。

悠仁が少年の後ろで苦笑した。

さらりとそういうこと言うからだめなんだよ、と透子は心の中でつっこみつつ四人で外へ出た。少し歩くと、人だかりがぱらぱらとできていた。

「あれが行列？」

「そうそう」

おひいさまの行列は子供たちだけだった。

沿道に地元の人々が並び、子供たちの行列を見送っている。

先頭を歩く男女の二人は黒白の着物で女の子は病院の見舞いに持っていくような小箱を、男の子は飾り太刀を持っている。後ろを歩く十数人の子供たちはそのお供で皆、揃《そろ》いの赤い着物を着て、その後ろを少し年かさの少年少女がお囃子を奏でながら従っている、といった形だ。特徴的なのは子供たち全員が薄い面布《めんぷ》をしていることだった。

千尋が隣の透子に、耳打ちする。

「鬼の目を直接見たら駄目なんだ。だから面布をしている」

「あ……、たしかに私も怖いモノとは視線をあわさないようにしているかも」

霊も無視していれば諦めるが、目があうと途端に透子に近づいてくる。

「鬼は人間を操ることが出来る、っていうこと？」

透子の疑問に千尋が肩を竦《すく》めた。

「鬼だけじゃないけど……」

「え？」

「人間が他人を洗脳するときも目をしっかり見る必要があるって、俺の知り合いが言っていた。それはともかく——で、行列が子供たちだけなのは、鬼が知らず知らずのうちに交ざっていてもすぐに気づいて排除できるように、って事なんだ」

行列についていくと海が見える小さな祠《ほこら》にたどり着く。先頭の女の子が白布に包んでいた小箱を奉納した。

「あれは……」

「鬼の首」

なんでもないことのように千尋が言うので桜と透子は再びぎょっとした。

「いや、実際の中身はお菓子。終わったらみんなで食べるんだけどさ、なんだっけ。鬼の体を食べると長寿になるとか健康になるとか、そういう伝承があるらしいよ」

「ニンゲン、ザンコク……」

桜は震えあがっていたが、配られた白い飴《あめ》を貰《もら》って「美味《おい》しい」とご機嫌だった。

「白い飴は骨の代わりらしい」

なおも物騒な説明をしてくれた千尋は、ぼりぼりと骨を模した飴を嚙《か》んでいる。

「面白いお祭りだね」

「外国にはこういうお祭りなかった？」

ありましたけれど、と桜は何か思い出す風に首を傾げて考え込んだ。桜ちゃんは目の色も薄くてきれいなんだな、と透子は妙なことに感心した。

「はい、お姉ちゃん、飴あげる」

「あ、ありがとう」

透子も面布をした「おひいさま」から飴を手に受ける。

――と。

女の子がうっすらと笑った。

とたんに、お囃子《はやし》が止《や》む。

触れる手のあまりの冷たさに、透子の身が一瞬すくむ。

（――姫は肉がすきか？）

「……え」

「ほら」

女の子が透子に手を差し出す。

（ならば喰《く》うといい。おまえはまた、鬼を喰らいに来たのだろう？）

「美味しいよ」

風が吹いて面布がゆれる。女の子の口は赤く、耳まで裂けていそうだ。

その口から尖《とが》った犬歯がのぞく。

赤い瞳がニヤと細められて、尖った爪が透子の手首を摑《つか》む。

（あの俺の肉を喰ろうただろう！　力を手にするために！　俺を裏切って！）

透子は思わず叫んだ。

「いやっ」

ぱしん、と女の子の手を払い除《の》けてしまって、ハッとする。透子に飴をくれた女の子はびっくりした顔になり、周囲の大人たちの視線が突き刺さった。

どうしよう、謝らなきゃ。どうしよう。

その場で固まった透子の隣でスッと人影が動く。千尋だった。

「ごめん、虫がいたみたいで、驚いたみたい。――大丈夫かな？」

千尋は、はい、と女の子が透子のせいで落としてしまった飴をかごに入れなおして再度渡す。透子も慌てて拾って女の子に渡す。

「ご、ごめんね。見間違えちゃって」

わざとらしい言い訳だと思ったが、女の子は「大丈夫！」と笑って、はい、と透子に再度飴をくれた。大人たちも透子から視線を外して各々の持ち場に戻る。

千尋が透子を見て小声で尋ねた。

「――なんか、見えた？」

「ううん……どうかな。見間違いかもしれない。でも、少し寒気がするかも……」

今は何も聞こえないし、見えない。

だが祠に足を踏み入れた時から、ゾクゾクと悪寒のような感触がする。寺社仏閣に足を踏み入れるとたまに感じるものだ。何かを祀《まつ》っている場所は「合う」ところと「拒否される」ところがはっきりしている。説明が難しいが……。

「おひいさまの話を聞いたからかな――変に影響されちゃったみたい」

物悲しい感じのする物語を聞いて、鬼を可哀《かわい》そうだなんて思ったせいだ……。

透子は帯の間に袱紗に入れてしまっていた数珠を取り出すと手首に嵌《は》めた。すぅっと圧迫感が消えていく。

「寒くなってきたしね、早く帰ろう」

透子の具合が悪いのに気づいたのか、気を遣った悠仁の申し出に従って透子たちは祠をあとにした。透子が体調を崩したので夕食は取らずに、そのまま帰ることにする。

「従兄《いとこ》が迎えに来られるか、聞いてみます」

千尋が千瑛に電話する間、透子はリビングに悠仁と二人で残された。

「本当に沢山の本があるんですね。外国語ばっかり。しかも……古い本ばかり」

リビングの書籍を眺めながら透子は感心した。ちょっとした図書館の一角と言っても良さそうな書棚はわかりやすく分類がされている。翻訳家がどんな仕事なのか具体的にはわからないが、たくさん資料が必要なものなのだろう。

「半分は趣味の書籍かな。欧州の歴史資料が好きだし、長年集めているんだ」

悠仁は学術書の翻訳を主に仕事にしているらしい。

「どれくらいの期間があれば、これだけ集められるものなんですか？」

「百年くらい？　かなあ。戦時下とか、焼けないようにするのが大変だったねぇ」

「ひゃく……それくらい昔の書籍もあるってことですね」

悠仁の冗談を透子が笑って受け流すと、悠仁はそうそう、と機嫌よく笑った。

「外国の文献だけじゃなくて、日本の古文書もあるんだ……。芦屋さんは留学とか興味ないの？　千尋くんはすごく興味があるみたいだけど」

「私にはとても無理です！　——それに大学へも進学するか決めていなくて」

透子の両親がいないことを知っていたのか、悠仁は納得したように、ああ、と頷《うなず》いた。

「神坂の本家さんなら、いい就職先を紹介してくれそうだよね。そうじゃなくても、お金持ちなんだから頼ればいいのに、一族なんでしょう？」

「私は遠縁なだけで、本家の方とも面識がないんです」

悠仁は不思議そうに透子を見た。

「そうなんだ。わざわざ遠縁の子を神坂家が呼び寄せるくらいだから、てっきり、そういう関係者なのかと思っていたんだけど。……神社がらみの」

にっこりと微笑《ほほえ》まれて透子は戸惑った。悠仁が苦笑する。

「星護神社のひとたちは、人に見えないものを見て、怪異を解決してくれる……、らしいっていうのはこの町だと共通認識らしいね。透子さんは違うの？」

「まさか！　解決なんか無理です！　あ、実は……見えたりはするんですけど……」

「さっきみたいに？　あ、ひょっとしてこの家にも何かいたりする？」

悠仁は背後を気にするように見た。

「この家、日本に戻ってくるときに購入して改装したんだけど、元は古い家だから、元の持ち主がいたりしたら怖いかも」

「お兄様、何を聞いていらっしゃるの、ご迷惑よ」

二人の話を聞いていたらしい桜が部屋に入るなり、困ったように眉根を寄せて兄を見た。

「ああ、ごめん、つい。さっきも言ったけど、怪異の話を聞くのが好きで」

「透子さん、ごめんなさいね。霊が見えること、あまり言いたくはないんでしょう？　兄は面白がりだから透子さんがこの屋敷《やしき》で何か見たら困るくせに、火遊びをしたがるの」

「いいじゃないか。神坂の家に興味があるんだよ。人ならざるものが見えるなんて、ロマンチックでしょう」

悠仁が顎に手をあててうっとりとすると、桜も両頬を華奢《きゃしゃ》な掌《てのひら》で挟んで、ぽっと朱に染めた。

「神坂の家には、私もすごーく興味がありますわ！　だってそのうち私も神坂の人間になるかもしれないし」

「あはは、いくら桜が千尋くんを慕っていても、それは無理じゃないかな。いまだにSNSのアカウントだって知らないだろう。私は三日に一度は連絡を取っているけどね」

兄の指摘に、桜はきぃいいっと兄を睨《にら》んだ。

兄妹《きょうだい》の仲のいいやりとりは微笑ましい。

「別に隠しているわけじゃないんです。私、ちょっとだけ人と違う力があって」

透子は千瑛のくれた数珠を外した。彼がくれた力封じは身につけている間おかしなものが見えなくなる。

桜が興味深そうに透子の数珠を見ている。見せてほしいというので手渡す。

「千瑛さんがくれた御守《おまも》りを使って普段は何も見えないようにしているんです。数珠を外すといろんなものが見えるから、怖くて」

「この数珠は御守りだったのね！　きれいな石」

透子はリビングを見渡した。

桜は興味深げに透子から受け取った数珠に視線を落として、綺麗《きれい》ねと褒めた。

透子は首をめぐらして、目についたものに小さく声をあげる。

「あっ――」

「な、何か見えましたの？」

焦った声に、悠仁がちらりと桜を見る。透子は首を振った。

「ううん！　あの古い写真って、親戚の方？　ひょっとして桜ちゃんのこの前着ていたお着物と一緒かなって」

透子はちょっとした発見に心を躍らせて、指をさす。

リビングの書棚の一角に古い写真があって、軍服を着た青年とその妹らしき女の子が映っている。青年の顔は軍帽の影でよく見えないが、椅子に座った女の子はパッチリとした目元がいかにも桜の血縁者といった風情だった。

「よくわかりましたわね！　あの着物は、昭和の、戦前のものなんです」

「あの女の子、桜ちゃんと同じ顔をしているのね、すごく可愛《かわい》い」

「ありがとう、透子さん」

戦前の写真だというなら、もう百年近く前の写真だろう。

ふふ、と桜は嬉《うれ》しそうに微笑んだ。

「それと……大丈夫だと思います。このお屋敷に、なにか妙な感じのものはいません！　ちょっと綺麗すぎるくらいに！」

どんなおうちでも、たとえばあづま庵にだって、仏壇の側とかに亡くなった人の気配が何かしら残っていたりする。しかしこの洋館にはなんの気配もない。リフォームされた家はそうであることが多いが、何も感じなかった。

「よかった、これで安心して暮らせるよ」

白井兄妹が同じ動きで胸を押さえるので、透子は笑ってしまった。

役に立たない能力なのだが、白井兄妹の安心に役立ったのならばよかった。

「透子。千瑛がタクシーで戻って来いって。……悠仁さんすいません、俺と透子はタクシーで失礼します」

「そうか。今度、噂《うわさ》の千瑛さんにも挨拶させてよ」

はい、と頭を下げて二人は白井の家を出た。

タクシーの中で座ると、少し眠くなってしまう。透子は目をこすりながら千尋に話しかけた。

「英語劇、うまくいくといいね」

「結構むずかしいなあ。人前で喋《しゃべ》るのは緊張する……」

「千尋くんが？」

野球部でも、授業でも人前でハキハキと喋る千尋の言葉とは思えない。

「そんなことない。すげーびびってる。……『僕は臆病だから！』って感じかなあ」

ライオンの台詞《せりふ》を英語で言いつつぼやく。千尋の発音はなかなかきれいだ。桜や悠仁の訓練のおかげかもしれない。

「千尋くんは留学してみたいの？　悠仁さんと色々話をしているって」

「この街にいるとどうしても俺は神坂の、って目で見られるから。どっか行きたいって気持ちはあるけど……」

「けど？」

「留学費用めっちゃ高い。それとやっぱり外国で一人暮らしするとか怖い……」

弱音を吐露した千尋に、透子はふきだした。

「別に今のは冗談じゃないし、笑う所じゃないからな！　これ、本音だから。それに小町のいない国で暮らせる気がしない……寂しい」

「小町だけ!?　千瑛さんは？」

「あいつはどうせ、毎日連絡してくるよ」

「それもそうだね。でも千尋くんが海外に行くと寂しくなるなあ」

タクシーを神社の階段下で降りて、二人は二百段ある階段を徒歩で上る。

約三か月前は、毎日上り下りをするなんて、絶対無理だと思ったのに慣れるものだ。

「じゃあ、透子も一緒に行く？　海外留学」

「え」

あまりにもサラリと言うので透子の心臓は飛び跳ねた。

気づかずに千尋は続ける。

「いい考えかも。同じ大学だったら、家賃折半で安くて済むよな」

「あ、そういう……」

「うん？　どうかした？」

「なんでもない」

透子は首を振った。利便性だけで特別な意味はなかったらしい。

脳内の陽菜が「あいつ思わせぶりなところあるからね！」と警鐘を鳴らすので「本当に！」と透子も同意する。二人はとりとめのない会話を交わしながら神社にたどり着く。

「まあまあ！　二人とも可愛くしてもらったこと！」

「わあ！　透子、おひめさまみたーい」

家に帰ると佳乃とだいふくから、二人とも大絶賛された。佳乃が記録に残さなきゃ、と張り切って撮影会をはじめたので千尋はさっさと着替えてしまう。

「だいふくは、おひめさまなんて言葉よく知っているのね？」

透子は猫又を抱き上げて聞くと、だいふくはゥナンと透子に甘えながら透子の頬を舐《な》めた。

「お着物を着ててね、長い黒い髪の毛でよく見える子をおひめさま、っていうんだよ」

なにやらそれは独特な解釈だ。

「透子ちゃん、可愛いね！」

仕事から戻ってきた千瑛が透子を絶賛し、千尋の着物姿が見られなかった事を悔しがる。

透子は祠《ほこら》で起きたことはすっかり忘れ、その夜はぐっすり眠りについた。


秋も深まり、文化祭の準備も進んでいく。

放課後の稽古を終えてから神社に戻ると、あまり会いたくない人物が二人を待っていた。

「おかえり、千尋遅かったじゃないか」

「……和樹《かずき》？　おまえ、こんなところで何して……」

千尋の腹違いの兄和樹は石段の上に腰かけていた。黒いタートルネックをラフに着てダウンジャケットを羽織っている。

「芦屋透子もいたのか。こんばんは」

「……こっ、こんばんは」

微笑みかけられたけれど、和樹のどこか翳《かげ》のある目は笑っていない。

「いつから放課後デートする仲になったんだ？　教えてくれたらよかったのに」

「単に学校帰りだよ。何しに来たんだ、暇なのか？　さっさと帰れよ。親父《おやじ》のとこに挨拶なら、先週行っただろ」

千尋は父親と仲がよくない。母親とも上手《うま》くいっていない。

だから千瑛と星護神社で暮らしているのだが、その条件として月に一度は父親と報告を兼ねて食事しているらしい。

「そう邪険にするなよ。たった二人の兄弟じゃないか。秘密はよくないって」

「気持ち悪いこと言うな」

透子がハラハラとしながら二人を見守っていると、和樹の足元になにか小さな影が見えた。和樹は訝《いぶか》し気に視線を走らせる。視線の先に、白い猫がいて、嬉しそうにこちらを見ているので透子はさっと蒼褪《あおざ》めた。だいふく！

「ちひ」

幼い式神が「ちひろ、透子、お帰り」と人間の言葉で喋ろうとしているのに気付いて、千尋もあっと息を呑《の》み、透子は思わず大きな声をあげた。

だいふくが式神でしかも流暢《りゅうちょう》に人の言葉を操ることは星護神社の人以外には隠しておこう、と千瑛が言っていたのを思い出したのだ。

「だっ！　だいふくちゃんっ！　にゃ！　にゃあにゃあ！」

いきなり猫語で叫んだ透子に、和樹がびくっと怯《おび》える。

だいふくは透子たちとした約束――人前では「にゃあ、と鳴く」――をすんでのところで思い出したらしく人語を封印して千尋に飛びついた。

「かっ、かわいいなあ。だいふくはっ！　あはっ……！」

冷や汗が背筋を伝うのを感じながら、透子は目を泳がせながら呟《つぶや》いた。

「……何を言っているんだ、こいつ……、大丈夫か？」

和樹が気味の悪いものを見る目で透子を見た。内心、失礼な！　と思いながらも反論できない。確かに不自然だろう。

「だいふく、おいで」

だいふくを抱きかかえて、少し気持ちを落ち着けたらしい千尋が改めて何しに来たんだよ、と剣呑《けんのん》な視線で睨むと和樹は肩を竦《すく》めた。

「千瑛さんに仕事の話だよ。興味あるだろ」

千尋が睨むと、和樹はやけに嬉しそうに弟に近づいて髪をぐしゃぐしゃとかき乱す。

「やめろって」

「嫌がるなって。おまえにも関係ありそうな話だから一緒に話そうと待っていたんだ」

「関係ある？」

押さえつけるように肩に置かれた手を払いながら、千尋は和樹に尋ねた。

「そ。……それから芦屋透子にも関係あるかな」

いきなり水を向けられて、透子は戸惑った。

「私に、ですか？」

「行方不明の件。お前たちの高校にも被害者がいたよな？　とうとう、警察が匙《さじ》をなげたみたいだ」

「警察が？」

和樹はせせら笑いを、すぅ、と収めた。

「刑事が親父のところに来て依頼していた。一連の行方不明事件について人間による事件性はありません、ってさ。俺たちの出番、って言ったらわかるだろ？」

透子と千尋は思わず顔を見合わせた。

仕方なく和樹を連れてただいまと玄関をあけると、千尋の手の中でぶるぶると震えていたただいふくは佳乃の胸に飛び込んだ。どうやら和樹の事が怖かったらしい。

千瑛は和樹の姿を認めると、眉間にしわを寄せた。

「神社には来ない約束なんじゃなかったのか、和樹」

「生憎《あいにく》と頭が悪いもので。覚えてないな」

千瑛は諦めたように三人を促した。

「リビングに行こう。千尋と透子ちゃんにも話をしておこうかな。身近で起こっていることだから」

四人はリビングのソファに思い思いに座る。

和樹は長い脚をこれみよがしに組んでソファに背中を預け、千尋は彼の隣で姿勢よく座っている。顔立ちも醸し出す雰囲気もまるで違う兄弟だ。

千尋は爽やかだが、和樹は退廃的でどこか近寄りがたい雰囲気がある。

二人の従兄《いとこ》である千瑛はいつも穏やかに飄々《ひょうひょう》としているが、今日ばかりは眉間の皺《しわ》にふれると、重苦しい雰囲気を断ち切るように話をはじめた。

「それで、叔父さんはなんだって？」

「行方不明の高校生について、人間以外が関与している可能性があるから、俺と千瑛さんでなんとかしろって」

「人使い荒いな」

と千瑛はため息をついた。

所在無げな透子を見ると、事件のあらましを説明してくれた。

「はじめに星護町で行方不明事件が発生したのは去年の十二月だったんだ。一年位前だね。最初の被害者は隣の市の高校生、女性。たまたま週末に星護町の親戚の家に遊びに来ていてそのまま行方がしれなくなった――」

佳乃が人数分のお茶を持ってきてくれて尋ねる。

「千瑛さん、その人は亡くならはったんですか」

「いいや。一週間後に無事に戻ってきた。怪我《けが》はなかったけど髪が無惨に切り取られていて、憔悴《しょうすい》しきって、行方不明だった期間の記憶がないというんだ」

精神的なショックで記憶が飛んでいるのだと思って医者も入院だけで済ませていたらし

いが、同じような症状の若い女性が複数出現したので変質者の犯行を疑った。

「若い女が犯罪に巻き込まれ、ショックで何も思い出せない。それはない話じゃない」

和樹の言葉に千瑛が同意する。

「一回なら、よくあることだな」

「そう。でも二回続けて同じことが起きたら？」

「同じ悲劇が二回続くのは、それは奇跡的な偶然だと言っていい。だが、三回目からは偶然じゃない。原因がある」

最初の失踪は十二月。次が四月、六月、八月、九月、十月……と、被害が発生する間隔は短くなっている。

「そういえば、芦屋透子は夏休みに和菓子屋でバイトをしていたって？」

和樹に話を振られ、透子は頷《うなず》いた。

「バイト予定の方が急に来られなくなって、急遽《きゅうきょ》お手伝いすることになったんです。店の方はドタキャンじゃないかって最初は怒っていたんですけど。その方は実は行方不明になっていたんだ、と聞きました」

陽菜はその大学生は「怪我はないが、ぼんやりとしている」状態で戻ってきたと言っていた。話の流れからいけばその大学生は……。

「八月に神隠しにあったのがその子だな」

今は退院していると聞いて透子はよかった、とほっとしたが和樹はよくない、と舌打ちする。

「退院してもいまだに意識が朦朧《もうろう》とした状態らしい」

「そんな……ひどい……」

千尋が和樹を見た。

「そのあとに行方不明になった星護高校の女子生徒二人も生きて戻ってきた。ただし、無惨な姿でな」

透子は息を止めて対面に座った青年を見つめた。透子の反応を楽しむように和樹は一瞬こちらに視線を移してから、ちろりと赤い舌で唇を舐める。

九月に行方不明になった女子生徒は、つい先日、ようやく目が覚めた。

「やっぱり何も覚えてないって言っているけどな。明日きっと高校でも知れ渡るんじゃないか？　最後の一人は、衰弱しきって瀕死《ひんし》らしい」

ゾワッと背筋が寒くなる。一年生の女子生徒が行方不明になったのはつい先週のことだ。

「行方不明になってまだ一週間もたってなかったのに、がりがりに痩せて——老人みたいになっている、ってよ」

行方不明になった当時の服装のまま発見された女子生徒は、すぐに本人だと断定されなかったそうだ。まるで何かに吸い取られたように、骨と皮だけになっていたから。

「事件には共通点がある。ひとつ、被害者は皆、若い女だ。ふたつ、被害者は皆行方不明になった時の記憶がない。みっつ、検査をしても肉体的な危害を加えられた様子は全くない。だが――ひどく衰弱している。怪我もなしに人がこれだけ衰弱するのは奇妙だ。――人でないモノが関わっている可能性が高いです。神坂の家でどうか調べてください、って警察は言っている」

それに、と千瑛は呻《うめ》いた。

「鬼は人の身体《からだ》の特定の部位に執着することがある。この場合は髪の毛だ。若い女の長い黒髪――全員が無惨に切り取られている。まるで食いちぎられたみたいに」

透子はごくりと唾を呑《の》み込んだ。

「最近は鬼が起こす怪異もひどくなっているからね……死者が出ないうちに何とかしておきたい」

「怪異がひどくなっているんですか？」

「うん。二十年くらい前からね。――理由は諸説あるけれど、程度がひどくなっているのは間違いない。反対に神坂の家は力を持つ者が少なくなっている。……だから僕が忙しいんだよなあ」

千瑛はぼやいた。

「僕たちは鬼狩りを家業にしてきた一族だ。鬼に傷つけられた人たちがいるのならば、力にならないといけない。それが使命だ」

「金になるしな」

和樹が嘯《うそぶ》き、こら、と佳乃さんにしかられて、プイと横を向いた。

千尋が隣の兄を睨《にら》む。

「それで？　俺たちに話を聞かせた理由って何。透子はともかく俺はなにも出来ないぞ」

和樹は冷たく笑った。

「同じ高校から二人も行方不明者が出た。校内に鬼がいる可能性は高いだろう？」

「星護高校の生徒に鬼が交じっているとでも？」

「生徒じゃなくても教員とか職員とか、さ。お前学校にオトモダチ多かったよな？　たまには家の役に立って、女子生徒たちの交友関係調べてこい」

「なんで俺が」

「可哀《かわい》そうだろ？　先輩と後輩がどっちも危ない目に遭っているんだから」

和樹の言葉に、千尋はちょっと考えてから、うなずいた。

「それは確かに」

それから、酷薄な視線が透子を射貫《いぬ》いた。

「芦屋透子」

冷たい声で呼ばれて、透子は反射的に背筋を伸ばした。

「おまえは、見鬼なんだろう？　だったら調査に協力しろよ」

冷たい口調よりも内容にたじろぐ。

「私は見えるだけです。それ以上、何かができるわけじゃありません」

和樹の剣呑な視線に、透子はますます身を縮こまらせた。

「そのおもちゃみたいな呪具を外して校内を調べてくるだけでいい」

「……役に立つかどうか」

和樹はハッと鼻で笑った。

「お前さ、何のためにここにいるんだ？　遠い親戚頼って、ぬくぬくとただ飯喰《く》らいか？

——お前だって、化け物を見る能力持った化け物なんだから、せめて世間の役に立てよ。のうのうと普通の生活を送るなんてありえないだろ？」

「やめろよ、化け物とかそんな言い方あるか！」

千尋が透子を庇《かば》うと、和樹は口を歪《ゆが》めた。

「ただ飯を喰らうなっていうのは、俺たちの親父《おやじ》様の持論だぜ？　ガキの頃は、そう罵られてどんだけ殴られて訓練されたか。無能なせいでお気楽に育ったお前には、わからないだろうけどな？」

思いもしない反論に千尋が戸惑う。

「……それは」

言葉を探した千尋を見て、透子は肚《はら》を決めた。確かに、――この約三か月透子はただ飯喰らいだった。何かの役に立とうとするのは正しいことのように思える。

見鬼ではない千尋が「けんちゃん」を救ったように、透子が自分の力で誰かを救えるなら、そうしたい。

「わかりました。和樹さんの言う通りです。協力します。……私で役に立つなら」

透子の答えに、和樹はわざとらしくゆっくりと拍手をした。

「そう来なくちゃ、お姫様。妙なおもちゃに頼って目をそらさずに校内を観察しろよ？」

「そうします」

挑発するような視線を見つめ返すと、和樹は満足げに頷いた。ちらりと千尋の足元にいた白猫――だいふくを摘まみ上げて笑う。

「にゃにゃにゃにゃにゃー」

「鳴きまねが下手だな、猫又。お前たちが協力するっていうなら、この妙な猫モドキの存在も黙っておいてやるよ。大体なんなんだこいつ？」

首根っこを押さえられただいふくは、じたばたと脚をばたつかせて、べそをかいた。

「いたいよお、千尋、千尋、たすけて」

「だいふく！　……和樹、やめろよ！　離せってば」

「ほらよ」

千尋がだいふくを和樹から取り返して抱きしめる。

「千尋ぉ、千尋ぉ、怖かったよぉ……うぇえ」

「だいふく、大丈夫か？ 痛いとこないか？」

すっかり人間の言葉を喋《しゃべ》っているだいふくと、それを庇う弟を和樹は鼻で笑った。

「それは——新しい僕の式神だ。乱暴に扱うな」

千瑛がそれでもだいぶんふくの事を誤魔化《ごまか》しながら言うと、和樹は肩を竦《すく》めた。

「その割にはずいぶん千尋に懐いていますよね？ でも、千瑛さんがそういうなら、それでもいいですよ。——俺も黙っていてもいい」

「そうしてくれ」

「もうひとつ条件だ、千尋。今夜は俺と家に帰るぞ。親父が煩《うるさ》い。週末は本家に挨拶に行くから絶対に戻ってこい、って厳命されている」

千尋はひどく嫌そうな顔をしたが、手の中で震えるだいふくを見て頷いた。

「透子。だいふくのこと、よろしくな」

気遣わしげな透子に、千尋は大丈夫と言いたげに手を振った。

小町が慰めるように千尋の足に触れる。

「千尋、どこに行くの？ だいふくも行くよ！」

「小町と一緒にちゃんとお留守番していてくれ。月曜日には帰ってくるから。な？」

兄弟は、和樹のセダンに乗って駐車場から私道を下っていく。

千瑛と透子はともに難しい顔でテールライトを見送る。

「……千瑛さん」

「ごめんねー和樹が色々暴言を。あいつ性格も根性も悪いから……」

「本当の事ですよね。私、ただ本当にのんびり過ごしていただけだし」

ただ飯喰らい。ぬくぬくと。

言葉はひどいが、和樹の言う通りだ。

「千瑛さん。私の見鬼の力って、どういう風に役立てればいいか教えてくれませんか？

同じ高校の子が今も苦しんでいるのなら力になりたいです」

透子の申し出に、千瑛はええっと、と考え込む。

「……すみれさんに、高校出るまでは勧誘しないように、って釘《くぎ》を刺されたし……」

「大丈夫です。勧誘じゃなくて、これは、お願いだから」

透子が食い下がると、千瑛はちょっと笑った。

「ほんと言うとね、透子ちゃんにはもう少し僕を信用してもらってから、善意につけこんで、こっちの仕事に勧誘しようと思っていたんだよね。さっきも言った通り、僕たちの家業も人手不足なんだ。――強い力を持った人間は少ないんだよ、本当に」

「手の内を明かして、いいんですか？」

ははは、と千瑛は笑った。

「危険なことは避けていいから、協力してくれると正直、助かります。どうぞよろしく。あ、師匠ってよんでくれていいよ」

透子は笑って、頭を下げた。千瑛に今日は休もうかと言われ、透子は足元でしょんぼりしているだいふくを抱き上げる。

「だいふくも元気出して。今日は私と小町と一緒に寝ようか？　ね？」

「透子ぉ、千尋、俺を連れて行ってくれなかった。俺をいじめた嫌な奴とどっかに行っちゃった。オレより、あいつと遊びたかったのかな、かずきの方がすきなのかなあ」

だいふくは透子にしがみついてメソメソとしはじめた。

「大丈夫。千尋くんはだいふくが大好きだよ」

猫型の式神は甘えん坊で、千尋を特に慕っている。

千尋はだいふくを透子の式神だと思っているようなのだが、本当にそうなのかと透子は少しばかり疑っている。だって、だいふくの千尋へのそれは、母親を慕う雛《ひな》のように熱烈なものだ。千尋は自分のことを無能だ、と言っていたけれど。

小鬼を殴ったり、霊を説得したり……だいふくを実体化させたり。

そんなことが「何の能力もない人間」にはたして可能なんだろうか？

だいふくを抱いて自室に戻ると、猫は透子の腹のあたりで丸くなった。

透子が慰めたことで、寂しがり屋の猫又式神の気分はほんの少し落ち着いたらしい。

「でも、千尋と透子が無事に帰ってきてよかったな」

「無事に？　どうして？」

喉をなでながら聞くと、だいふくは「うにゃうにゃ」と寝ぼけながら無邪気に言った。

「だって、千尋も透子も怖い鬼のにおいがしたもん！　今日、鬼にあったんでしょー？　たべられなくてよかったねえ」

式神の言葉に凍りついた。

＊

和樹が運転する車内では意外な事に静かなジャズが流れていた。

知っている曲調だったのでつい、千尋はディスプレイに視線を走らせてアーティスト名を確認した。口が悪く、性格も悪い異母兄と千尋はそりが合わないが音楽の趣味は合うらしい。そもそも兄弟だと知らなかった小学校低学年までは「親戚の和樹お兄ちゃん」は千尋と気が合う仲のいい友達だった。両親もその当時は本家の母屋に住んでいて、離れに住んでいた和樹とは毎日一緒に遊んだ。

兄弟だからか、育った環境が一緒だからか。今でもたまに嗜好《しこう》が似ていることに気づいて、ハッとする。千尋の視線に気づいた和樹は平たんな声で言った。

「曲が嫌なら適当に変えていいぞ」

「俺、このユニット好きだからこれでいい」

「ふぅん？……確かに、結構いいよな」

「うん」

沈黙が落ちた。

千尋は助手席のシートに身を沈める。

和樹が兄だとわかってから二人の関係は百八十度変わってしまった。

まず、それまで「両親がいない可哀そうな」和樹に比較的好意的だった母が壊れた。

自分の夫の不貞の子だったのだから無理もない。千尋が和樹と遊ぼうとすると「千尋も私よりその子を選ぶのね」と泣く。

千尋は和樹と口をきかないようにした。和樹が悲しそうな顔をしても頑《かたく》なに彼を避けた。

和樹だけじゃない。父親ともだ。

お母さんは、お父さんと和樹のせいで悲しい思いをしている。

それならば、千尋が我慢して母親だけを選べば、きっと元通りに笑ってくれる……。きっと、千尋を好きになってくれる。そんな思いは呆気《あっけ》なく砕かれた。

どんなに千尋が言葉を尽くしても、学校でいい成績をとっても、スポーツの大会で賞をとっても。母は困ったように「よかったわね」と口元で笑うだけ。

決して、千尋を見ようとはしてくれなかった。

だが、父親との離婚が成立し一年過ぎたころ幼馴染《おさななじみ》と再婚すると、母はそれまでが嘘《うそ》のように明るくなり、結婚して一年もたたずに妹が生まれてからは別人のように笑顔で溢《あふ》れた。

ただしそれは義父と、異父妹と三人で過ごす時だけのものだ。

千尋がその輪に加わると、その笑顔はぎこちなく曇る。

母だけではなく、義父も千尋の前では極力口を開かず忙しそうにしていて、それでいて、千尋と妹を二人きりにさせることは絶対になかった。

……妹に危害を加えたりなんかしない。

そんなこと考えたこともないのに。

小学校六年生になったばかりのある夜、千尋は寝苦しさにリビングに降りて漏れ聞こえる母の声に足を止めて耳を澄ませた。母は穏やかな声でうっとりと言った。

「私、いま、本当に幸せ。……貴方《あなた》と再婚して、この子を生んではじめて幸福が何なのかわかったの。それまではずっと不幸だった」

母親は妹を優しくあやしながら、新しい夫に微笑《ほほえ》む。

足音を立てないように部屋に引き返してベッドに潜ったその夜から、千尋は上手《うま》く眠れなくなった。

自分の存在が、母の不幸の根源だったのに。

好かれようだなんて、なんて愚かな努力をしたんだろう。

それからは母親を避けて、祖父母の家を転々としては白眼視された。仕方なく頼った実の父親からは居場所を与えられる代わりに、本家での雑用を言いつけられるようになった。

お前は無能なんだからせめて家の役に立て。将来は一族の経営する会社で働いて恩を返せといわれて鬱屈した日々を千尋が過ごすうち、とある少女と出会ってしまうことになる。

赤信号で車がとまったので、千尋は目をあけた。ひどい頭痛がしてくる。

「……和樹、父さんは俺にどうして本家に行けって？」

「いつもの通りだろ。本家のお嬢様が仮病で熱を出して引きこもっている。お前に相手させてご機嫌をとらせたいんだよ——もてる男はつらいよな？」

「会いたくない」

「——星護から連れ戻されるぜ」

本家の末娘は千不由というふたつ年上の少女だ。

可愛《かわい》い子だが病弱と珍しい力を理由にひどく甘やかされてわがまま放題。千尋は苦手だ。

——だが自分が彼女にひどく気に入られているのは知っていた。千不由の機嫌がよくなれば、本家の当主も機嫌がよくなる。

本家第一の父としては、息子の奉仕は当然の義務だと思っているんだろうし、本家から父の経営する会社への資金援助もされるのかもしれない。

「簡単だろ、笑って相槌《あいづち》打って、べたべたして触ってくる手を好きにさせておけばいい」

千不由の手つきを思い出し、千尋は吐きそうになった。

たまらずに窓の外を見ていると、和樹が無言で窓を開けた。

風を感じながら、千尋はポツリと呟《つぶや》く。

「父さんもよくやるよな。資金のために息子を権力者に売るって、どんな気分だろうな」

得意じゃない皮肉を舌に乗せると、和樹が口を曲げた。

「あのクソ親父《おやじ》に人の心があるとでも？　高値で売れたって笑うだろ」

和樹が苛立《いらだ》たし気にアクセルを踏んで、車が加速する。和樹だって父の身勝手さに傷ついている。それを知っているから余計に苦しい。

『もう、かずき兄ちゃんとはあそべないんだ、だって、ままが怒るから』

先に手を離したのは千尋の方だった。小さな和樹だって一人で泣いていたはずなのに、身勝手に逃げて、逃げた先で千尋は安寧を手にしている。

車内はとても静かで、音楽だけは優しい。

不揃《ふぞろ》いな旋律を聞きながら出来れば、このドアをあけて走って逃げたいな、と思う。

星護神社に戻って、下らない話がしたい。

千瑛、佳乃、小町。二人と一匹がいる場所だけが千尋にとって優しい居場所だ。

……いいや。

(また学校でね)

(千尋、抱っこして！)

その居場所にもう一人、と一匹が加わったことを思い出して少しだけ頬が緩む。

目が覚めたら、星護神社にいればいいのに。

眠れないと知りながら、千尋は無理やり、再び目を閉じた。

第五章　演者たち

「……うう、今日も千尋《ちひろ》くんに会えないなんて、寂しすぎるわ」

「癒《いや》しが枯渇していますぅ……」

十一月に入って文化祭で披露する英語劇の練習も大詰めになった。

朝の始業前と放課後に稽古をするのだが、メインキャストの白井《しらい》桜《さくら》のテンションは低い。

なぜならこの一週間、千尋が登校して来ないからだ。さらにクラスメイトの千尋ファン三人も共にガッカリしていて、ここ数日、彼女らの間には奇妙な連帯感が醸成されていた。

「あんた達、いつの間に仲良くなったの？」

陽菜《ひな》が呆《あき》れると、四人の女子は「どこが！」と即座に声を揃《そろ》えて否定した。

「この凡庸な方々の誰ひとりとして、千尋くんを巡る私の敵ではありませんけれど、戦う気力がないだけです……」

「は？　凡庸？　白井みたいに変人さを売りにしてないだけでーす、だ。あーでも、千尋くんいつ登校するのかなー」

「本当に……。千尋くんという毎日の糧がなくて、私は死にそうです……」

机に突っ伏した桜は心なしか窶《やつ》れている気さえする。

「芦屋《あしや》さん、何か連絡あった？」

四人から詰め寄られて透子《とうこ》は曖昧に受け答えした。

「おうちの人から風邪をうつされたんだって。来週には来るって言っていたよ」

というのも千瑛《ちあき》の説明で千尋から直接連絡はない。つい先日交換してもらったSNSのアカウントで小町《こまち》の写真を送っても既読がつかない。何かあったのかな、と透子も心配になっていた。

「みんな、サボったら駄目よ！　本番近いんだから頑張って」

様子を見にきた英語教諭の柴田《しばた》がパンパンと手を叩《たた》いたので、みな、慌てて持ち場に戻る。千尋はメインキャストのライオンだが、いないとなれば……プロンプターとして台詞《せりふ》を覚えている透子が代役になる。

本番は一週間後なのだがもしも舞台に立つことになったらどうしよう、と透子は青くなった。人前で発言するのは苦手なのだ。

透子の辿々《たどたど》しい台詞に、どうしても劇全体のテンポがずれる。

「芦屋さん、発音が違うわよ」

「……す、すいません……」

透子のあまりの出来の悪さに、全体練習が終わったあと柴田が残って訓練してくれることになった。練習につきあってくれた柴田は苦笑しながら透子に尋ねた。

「芦屋さんも練習に身が入ってないけれど、神坂《かんざか》くんが心配なの？」

「いえっ！　心配は心配ですけども。単に人前が苦手で」

「練習の時は綺麗《きれい》な発音しているのにねえ。代役、頑張ってね」

「私が代役をするより、千尋くんが戻ってくるのが一番いいと思うんです」

「芦屋さんは神坂くんの遠縁だから親しいのね」

はい、と透子は簡単に血縁関係を説明した。遠縁中の遠縁だ。

「親戚のおうちだと難しいこともあるだろうけど、勉強も努力していて偉いわ。英語の成績がいいのは嬉《うれ》しいけど、出来たらスピーキングも積極的に取り組んでみて！　……って、神坂のおうちのお仕事が忙しかったりするのかな？」

柴田は声を潜めた。

「星護《ほしもり》神社は、その……霊とかお祓《はら》いするんでしょう」

神坂の家が特別なのは高校でも教師たちは知っているらしい。……透子は慌てて否定する。

「わ、私は見えるだけで……」

実はつい先週から千瑛に少しずつ教えてもらっている。

まずは呼吸を整えることだよ、ともっぱら瞑想《めいそう》と呼吸だけだが。

それと数珠を外して、校内の怖いものも見るようにしている。平常心を保つために。

薄暗い廊下で佇《たたず》む暗い顔をした男子生徒や、校庭の隅を走り回る年配の女性など。校内には恐ろしいものもいるのだが、平気なふりをすること、が千瑛の出した最初の訓練だった。何事にも透子は怯《おび》えすぎだからと。

「見えるの？　私も何か憑《つ》いていたりするのかしら？」

柴田は怯えて胸に手をあてた。何か見えるのかとは白井兄妹《きょうだい》にも言われた。透子は柴田を凝視した。亡くなった家族や友人の思念が背後にいる人もいるが、柴田の背後には生《あい》憎《にく》と何もいない。

「大丈夫です、綺麗になにもいません」

「よ、よかったあ……って、後ろに何もいなくていいものなの？　守護霊とか？」

「たぶん……？　普通はいるんでしょうか？　本当に、よくわからなくて……」

疑問符を飛ばす様子に、透子も苦笑した。

「そういえば、芦屋さんはやっぱりおうちが神社だから髪をのばしているの？　綺麗だし、巫女《みこ》さんのバイトとか、似合いそうよね」

「まさか！　ただ伸びているだけです！　綺麗だなんてそんなことないですよ。先生のショートカット、かっこいいです！　頭の形がよくないと似合わないですもんね」

「あら、ありがとう」

ショートカットは柴田の活発な印象によく似合っていた。

彼女は話しやすい先生で生徒にも人気がある。透子は気になっていたことを尋ねた。

「柴田先生。行方不明になった校内の子は、噂《うわさ》通りなにかその……変質者じゃなくて、怖いものが絡んでいるんですか？」

「そんなこと誰に――！　って、そうか。おうちの人からか……」

柴田はわからないけどその可能性はあるのよねと頰に手をあてて暗い顔をした。

「一年生と三年生だって聞いたんですが、なにか共通点があるんでしょうか？」

「共通点……そうね……。あ、みんな、図書委員だったくらいかなあ」

柴田は図書委員会の顧問なのだという。

まずはそこから聞いてみよう、と透子は礼を言って教室から出た。――と。

「びっくりした！　透子さん……？」

「桜ちゃん、今帰るところなの？」

透子が扉を開けると驚いた顔の桜がいた。

「遅いから迎えに来たの。柴田先生、もう個人レッスンは終わりですか？」

「ええ。二人とも気を付けて帰ってね」

桜は何やら楽し気に透子に微笑《ほほえ》んだ。

「実は――透子さんにお客さんが来ていて」

「お客さん？」

透子が聞き返すと、桜が「あちらに」と手で示す。

廊下の先に見つけた馴染《なじ》みのある顔に、透子は思わず顔をほころばせた。

「すみれちゃん？」

「透子、ひさしぶり」

数か月ぶりに会う従姉《いとこ》は透子をみつけると、朗らかに笑った。

「急にごめんね！　近くに来たから暇かなあって連絡したんだけど……。既読にならなかったから直接来ちゃって」

すみれはごめん、と謝る。透子は破顔した。

「謝らないで。来てくれて嬉しいよ」


せっかくだからどこかゆっくり出来る所で話そう、と透子がすみれを連れて行ったのはあづま庵《あん》だった。――というよりも、他に行ける所をあまり知らない。

「透子ちゃんの従姉さん！　二人そろって美人だねえ」

「ありがとうございます。お菓子とても美味《おい》しいです」

あづま庵の白玉ぜんざいにすみれは舌鼓を打ち、あづま庵のおばさんは自慢の味を褒められて嬉しそうに笑った。

「嬉しいわあ！　お抹茶ゼリー、おまけしてあげる」

「本当ですか？　ありがとうございます」

「すみれさんは、わざわざ透子ちゃんに会いに福岡から来たの？」

「そういう優しい従姉だったらいいんですけど。——関東まで来る用事があったので、透子の顔もみたいなと思って足を延ばしました」

透子はぜんざいから視線を外して美人の従姉を見た。

「すみれちゃんの用事って？」

「大学院進学後の生活について知人に相談しに来たの」

すみれの口から出た有名大学名を聞いて、透子は目を丸くした。

「すごい。そんなところ行くつもりなんだ？」

「学費免除で受かれば、ね。さすがに大学院まで奨学金で通うと、人生設計が狂う」

すみれは大学にも奨学金で通っている。裕福な家でしかも娘のすみれを溺愛している伯母だが、彼女が高学歴になることにいい顔をしなかった。

「日帰りのつもりだったんだけど、透子の顔も見たかったし、一泊することにしたんだ」

「どこに？　私の部屋に泊まる？」

「まさか！　ちゃんとホテルは予約済みです。それで、学校はどんな感じ？」

透子はすみれの問いに答えた。

あづま庵でバイトしていること、神坂家の三人や、小町やだいふくのこと、陽菜と桜のこと、千尋を好きなクラスメイト三人の女子生徒のこと。

色々と喋《しゃべ》っているとあっという間に時間は過ぎて閉店の七時近くになってしまった。

あづま庵のご主人と女将《おかみ》さんにお礼を言って席を立つ。

入れ替わりに最後の客がやってきてイチゴ大福を買っているところにすれ違う。ラフなジャケット姿の青年はあれ、と透子に微笑みかけてきた。

「芦屋さん、こんにちは」

「あっ、悠仁《ゆうじん》さん、こんにちは！　今日はお洋服なんですね」

「うん、仕事で外に出ていたからね」

和服ではない白井悠仁もいかにも仕事が出来る社会人っぽくて格好良い。

悠仁とすみれが不思議そうにたがいに視線を交わしたので透子がそれぞれを紹介すると、二人は和やかに挨拶を交わした。

「妹が透子さんには仲良くしていただいているんです」

「さきほどお会いしました。素敵な妹さんですね。桜さんのおかげで透子の学校生活が楽しそうで、安心しました」

「妹に伝えます。素敵な方に身内を褒めていただくと嬉しいな」

海外暮らしが長いせいか、悠仁は人を褒めるのも自然だ。

さらに悠仁にすみれが進学予定の大学院名を告げると、彼は目を細めた。

「じゃあ来年から一緒になるかもしれませんね。実は非常勤で英語講師をしているので」

「悠仁さん、先生もされているんですか。すごい」

「はは。翻訳だけじゃ厳しいんで、バイトだけどね」

悠仁とすみれはお互いに連絡先を交わし、さらに悠仁は車で来ているから、と透子を神社まで、それから固辞するすみれを駅まで送ってくれることになった。

運転をしながら、悠仁は眉根を寄せた。

「若い女性ばかりつけねらう変質者がいるみたいだから、過剰なぐらいに気を付けた方がいい。星護高校でも行方不明になった生徒さんがいるそうだね」

「そうなんですか？」

すみれが驚き、透子は鬼の仕業かもということは明かさずに従姉の隣で頷《うなず》いた。

「星護は住みやすくていい場所なのに。事件を起こす愚か者のせいで私達のように平和に暮らす者にはいい迷惑です。妹に被害が及ぶんじゃないか、と思うと恐ろしいですね」

悠仁のぼやきに透子はそうだよね、と膝の上で拳を握りしめる。式神のだいふくは一週間前、透子たちから鬼のにおいがしたと言っていた。考えたくないが高校に鬼がいるならば早くみつけて捕まえたい。次の被害者が出ないうちに。

駅で降りたすみれに――透子は車を降りてあづま庵で買った大福のつつみを渡した。

「あの、すみれちゃん！　お土産買う時間なかったと思うから、これ持って帰ってね。本当は今日食べるのがいいんだけど明日も美味しいと思う」

「気を遣わなくてよかったのに」

「皆に、よろしくね」

すみれは、べ、と舌を出した。

「やだよ！　渡すもんか。私が独り占めするから。今夜の晩御飯にする」

胃もたれを心配すると、すみれはあはは、と笑う。

「透子が元気そうでよかったよ。あのさ、私、また関東に来るんだけど、遊んでくれる？」

「もちろん！　そのときは、星護神社にも来てね」

すみれは少し沈黙したが、思い切ったように言った。

「……あの、さ。……私、大学院に受かったら、関東で生活することになるんだけど、そしたら、さ。透子一緒に住まない？」

思いがけない言葉に目を丸くすると、すみれは苦笑した。

「実は、けしかけておいてなんだけど透子がこんなに星護に馴染むとは思ってなくて。今日は、本当はそれを言いに来たんだ……。だけど心配なさそうでよかったよ」

透子が家を出る時、「もしも星護町で透子が上手《うま》くいかなければ、その時にまた考えよう」とすみれは言ってくれた。

社交辞令かと思っていたのに、すみれは本気で言ってくれていたのだ。

あったかい気持ちになって透子は胸のあたりで手をぎゅっと握った。

「すみれちゃん、ありがとう……。気にかけてくれて、嬉《うれ》しい」

すみれはニコッと微笑んだ。

「返事は今度でいいよ。……答えはもうわかっているけど、断られそうで寂しいけど、同じくらい安心してる」

「ううん……どっちがいいのか、よく、考えるね」

すみれは、バイバイと手を振り駅へ向かってから何かに気付いて戻ってきた。

「ってごめん、一番大事な用事を忘れていた！」

「大事な用事？」

「そう、お祖母《ばあ》ちゃんのひきだしからこれが出てきたの。透子が子供の頃のミニアルバム。

——お祖母ちゃんの写真とか、昔の透子の写真とかあるから、見てね！」

従姉は慌ただしく駅へと駆けていった。

透子は、そのまま悠仁に神社まで送ってもらう。

「すいません、送っていただいて」

「構わないよ。本当に心配なご時世だからね。もしも透子さんとかうちの桜に何かあったら後悔じゃすまない」

「ありがとうございます、あ、ここでもう大丈夫です……」

悠仁に礼を言って車を降りた透子に向かって駆けてきたのは、三毛猫の小町と白猫だった。

「とぉーにゃにゃにゃにゃん！」

「だいふく」

透子に飛びかかろうとして、人語を話しかけただいふくは慌ててうにゃん、と猫のふりをしている。だいふくを「こらっ」と小さく叱って抱き上げたのは千尋だった。

「おかえり、透子。悠仁さんもこんばんは」

「千尋くん！」

千尋は視線をあげてただいまと笑った。

心なしか顔色が悪いのは、本当に実家で風邪をもらったからなのかもしれない。

可愛《かわい》い猫だね、と悠仁がだいふくを撫《な》でると、白猫はうっとり目を閉じた。

じゃあね、と帰っていく悠仁を二人で見送り、家に戻る。

明るい場所で見ると、千尋の顔色もそんなに悪くない。だいふくと小町がしきりに抱っこして！　とせがむので、仕方なく千尋が肩の上に小町を膝の上にだいふくを載せた。

「親戚の人が来ていたんだって？」

「うん。大学院の見学に来ていたの。あ、あとアルバムを持ってきてくれて」——何気なくアルバムを開いて、透子は固まった。

一ページ目に、小さい頃の透子と、記憶より少し若い父と。

その隣に二人と同じくらい笑顔の若い女性がいる。

透子に瓜二《うりふた》つの顔立ちから女性が誰なのかは、すぐに分かった。

「お母さん……」

「写真は無いって言っていたけど。透子のばあちゃん写真を持っていたんだな」

「そうみたい。……嬉しいな」

すみれにあとでお礼を言わなくちゃとアルバムのページをめくり、小さい頃の透子と見知らぬ男の子三人が写っている写真があって、透子は首をかしげた。透子は五歳くらいだろうか。全く記憶にないが中学生くらいの男の子はどこかで見たことがある。

透子は麦わら帽子をかぶっているから夏だろう。

「あれ、懐かしい！　昔透子ちゃんが神社に遊びに来た時の写真だ」

お茶を持ってきた千瑛がアルバムをみながら顔をほころばせた。とすると、この学生服の男の子は——。

「中学生時代の僕！　と隣は和樹《かずき》と千尋だよ〜」

「……俺と和樹？　へえ……」

千尋と透子は目を丸くした。

子供の頃に千尋たちに会ったことがあるなんて。

小さな千尋を和樹が笑顔で抱きしめていて先日会った印象とあまりに違って驚くし、千尋は天使みたいに可愛い。

何か楽しいことがあったのか皆笑っていてなんだか透子は切なくなった。

「ちっちゃい透子と千尋、かわいいねえ」

だいふくが爪を収めた前脚でちょこんと写真をつつく。

「真澄《ますみ》さん、結婚してからは神坂の家と疎遠だったんだけどね。珍しく遊びに来た時の写真なんだよなあ。懐かしい」

千尋は呆《あき》れた。

「千瑛っていろいろ隠しているよな。透子の性別の事も最初誤魔化《ごまか》していたし」

「そんなつもりはないよー」

「嘘《うそ》つけ」

口喧嘩《くちげんか》をはじめそうになった従兄《いとこ》たちの間に佳乃《よしの》が割り込む。

「あら、懐かしいわあ。千瑛くんもちーちゃんも、かずくんも、ほんと……可愛いこと」

親しくはなかったらしいが、佳乃は若いころの透子の母を知っているらしい。

「私はお小言を言われるのが嫌で、本家にも寄りつかんかったけど。先代さんが真澄さんを可愛がってはってね……」

そんな母が家を出て透子の父と結婚してしまったので、本家は大激怒したらしい。

「お母さんって、そんなにすごい力があったんですか？」

「みたいだね。――目がよくて」

「それに、鬼をとらえるのがすごーく上手やった、って」

透子は目をぱちくりとした。

「お、鬼をとらえる……!?　お母さんが!?　縄で縛ったり？　とか？」

疑問符がとびまくった透子に、千瑛が苦笑する。

「物理的というより概念的に、と言った方がいいかなあ――金縛り、とかあるでしょう？　人間も。意識があるけど動けない。それを霊的な存在に強いる……という」

千瑛は続けた。

「だいふく、ちょっと協力して」

「にゃにゃ？　いいよお」

千瑛は神棚にあった御神酒《おみき》をとってくると指を浸し、何やら呟《つぶや》きながら、だいふくの周囲をぐるりと囲んだ。

「…にゃっ！　出れないっ！　千尋ぉ！　出れないよお！」

周囲を透明な壁に囲まれたかのようにだいふくが閉じ込められている。

千瑛は円の一部を布巾で拭いた。とたんにシュンと音がして、透明な壁は消失する。

「呪文はなんでもいいんだけどね。これが、結界。——はい、だいふく出ていいよ」

猫は「面白かったあ！」と呟いて千尋の肩に飛び乗った。

「神坂には分家があるよっていう話をちょっと前にしたよね」

覚えている。神坂、紫藤《さいとう》、歌谷《うたたに》、斎賀《さいが》。そういう家がある、と千瑛は言っていた。

「四家それぞれ得意なことが違う。僕は式神を使うのが得意——見ることや鬼を閉じ込めるのが得意なのは本家に多いし、紫藤の人間は物理的な攻撃能力が高い、かな」

ま、それはおいおい、と千瑛は説明を打ち切った。

「いっぺんに言っても覚えきれないしね」

「……あの、じゃあ今千瑛さんがやったこと、私にもできるんですか？」

「ん、どうかなあ。やってみる？ ふつうは何年も修行しないと無理だけど……」

透子は千瑛と同じようにだいふくに協力してもらって、猫又の周囲をぐるっと御神酒で囲んだ。

だいふくはツンツンと見えない壁を確認するような仕草をしたが。

「えいっ」

パシィンと静電気が起こったような音が発生して、だいふくは自分で出てきてしまった。

「全然、だめですね？」

透子がため息をついて振り返ると、千瑛が絶句し佳乃も目を丸くしている。

「千瑛さん？」

「……いやあ、まさか、最初っから、できるとは……」

「さすが真澄さんの娘……」

意外にもすごいことだったらしい。千尋はすごいな、と感心している。

「水で結界をはるとか、呪符とか、鏡に封じ込める、とかいろいろ方法はあるけどね」

「鏡。あ、そういえば……」

透子はいつも持ち歩いている鏡を取り出した。母の形見の手鏡がある。鏡面の裏側には星護神社とおなじ紋が刻まれているものだ。

「真澄さんの持ち物か――何か力が残っているかもね。鏡とか道具を使うのはいいかもしれないよ。――足りない力を補ってくれる。せっかくだし鏡も祈禱《きとう》しておこうか」

千瑛がいうので透子はお願いします、とわからないままに頭を下げた。

明日から少しずつ練習してみよう、と千瑛が言ってくれたが、透子は固まった。

練習をした方がいいのかもしれない、でも……。隣で千尋が苦笑する。

「俺に遠慮はいいから。今更他人の力に嫉妬したりしないし、あんまり。って、痛っ」

千瑛に頭を叩《たた》かれて、千尋が呻《うめ》く。

「そこは全然、って言いなさい、おまえは」

佳乃さんが笑いながらテーブルの上を片付ける。

「人には向き不向きがあるんえ。私かて親は神坂の人間やったのに、私は見えるだけでからっきし。家の仕事は、ほんまになんもできへんかった。せやけど人生なぁんも困ってへんし。ちーちゃんは、ほかの事で頑張りなさい」

「はぁい」

千尋が、くす、と笑う。

「ってことで、二人きりの時に俺が鬼に襲われたら、透子が助けて」

「……精進する……」

透子がうんと頷《うなず》くとしっかりね、と励ますみたいに小町が透子の膝に乗った。

「馬鹿、おまえもちゃんと透子ちゃんを守りなさい。ほれ」

千瑛がカッターナイフサイズの小さな太刀を、千尋に渡す。

小さなおもちゃのようだが、よくみると造りは精巧だ。

「……なにこれ」

「御守《おまも》り。あ、大丈夫。刃は潰してあるから」

「じゃあ、意味ないんじゃ……」

「あるに決まっているだろ！　僕が作ってきたんだから。なんか危ない目に遭ったら、とりあえず、それで刺して逃げろ」

「ええ……。適当だなあ」

千尋は呆れたが、ややあって、「ありがたく貰《もら》います」と頭を下げた。

透子が写真をしまおうとすると、千尋は写真の中の真澄を見た。

「天才だった真澄さん、か。この写真でも透子にそっくりだけど、高校生の頃とかもっと似ていたのかな？　──そういえば透子、卒業アルバムでお母さんを探してみよう、って言ってなかった？」

透子の母も星護高校の出身だから、一度見たいと思っていた。

「前にも話したけど、過去の卒業アルバムは図書室の閉架書庫にあると思うから探してみる？　図書委員に聞けば一緒に書庫に入ってもらえるはずだ」

「図書委員……」

透子は繰り返して、あ、と声を上げた。

「どうかした？」

「あのね、千尋くん。このまえ和樹さんが言っていたでしょう。行方不明になった人たちの交友関係を調べろ、って」

「……和樹に今日も念押しされた」

千尋はうんざりとした表情で、アルバムの和樹を弾《はじ》く。

「今日、英語の柴田先生に聞いてみたの。行方不明になった女子生徒二人の共通点は何かなかったか、って。二人とも図書委員だったって。図書委員の子に閉架書庫の事を尋ねるついでに聞けないかな」

「そうだな。月曜日学校で聞いてみるか」

「透子、学校ってなあに？　どうして二人だけ学校に行くの？　だいふくと小町は行かなくてもいい？」

アルバムを覗《のぞ》きこんでいただいふくが、透子の前でちょいちょいと前脚を動かす。

「ええと、沢山いろんなことを勉強するために行くところだよ。十五歳にならないといけない所だから、だいふくはまだ無理かなあ」

「だいふくも早く大人になりたい……」

透子の言葉に、だいふくは残念そうに耳を垂らした。

月曜日に学級委員に図書委員は誰か尋ねると、意外な人物が手を挙げた。

「図書委員は私です！　本が好きなので立候補したの。なにか御用なの？」

「桜ちゃんが図書委員だったの？」

確かに、白井家にはたくさん本があった。

透子と千尋は顔を見合わせる。

「と言っても、図書委員の業務は放課後に貸出当番をこなす事くらいで、そんなに仕事がないんですけれど」

桜は千尋に近づくと、上目遣いで千尋を見上げて話題を変えた。

「それよりも千尋くん、具合は大丈夫？　一週間会えなくてすごく寂しかったわ」

久々の求愛に千尋が、ううっ、と身を引いた。

「私たちも寂しかったし、心配していたんだよ。風邪はもう平気？　ノートとかある？」

「あ、英語劇、一緒に練習しない？」

「あー……大丈夫……。ひとりで練習するよ」

他の女子生徒も寄ってきたので、千尋は助けを求めるように透子を見た。

透子は慌てて桜への質問を続けた。

「あのっ！　……今日の英語劇の練習が終わった後、桜ちゃん図書室に一緒に行ってもらえないかな。探したいものがあって」

「私に？　いいですよ」

桜はあっさりと承知してくれて、千尋と透子は別々の意味で胸をなでおろした。

放課後に桜は図書室に一緒にきてくれた。

図書室は教室がある西棟とは反対側の、職員室などがある東棟のはずれにある。

校舎の一部ではなくて、独立した小さなコンクリートの二階建ての建物だ。

「昔からある古い建物なのですって。一階は図書室で、二階には現在貸し出していない書籍が保管してあって……二人とも、何を探すの？」

鍵を手にした桜についていきながら透子は母親のことを話した。

「お母様の卒業アルバム！　それならたぶん奥のガラス棚に収納しているかと……」

桜に誘導されながら、三人はアルバムがある棚に向かう。

千尋はきょろきょろと棚を見渡した。

星護高校は百年近い歴史がある高校だから、古い書籍も結構あるようだった。

「俺、図書室の二階にはじめて入った。図書委員は出入りするの？」

「片付けの時だけかしら？　私は個人的に鍵を借りてよく出入りしますけど」

アルバムを探しながら、透子も桜に聞いてみた。

「桜ちゃん……。行方不明になっていた一年生と三年生の子が図書委員で同じだって、知っていた？」

桜は少しびっくりした顔で透子を見つめ返したが、頷いた。

「ええ。月一度の委員会で話すくらいでしたけど、顔と名前はわかります」

「二人って共通点があるのかな？」

「ううん……本が好き？　とかでしょうか。図書委員ですから。あ、でも図書室の貸出当番の日以外もよく図書室にいたみたいですね。それ以外の共通点……？」

桜は首を傾《かし》げた。あまり二人の印象はないらしい。

「二人とも大人しい感じの子ですけど……よく、一人で行動していた気がしますね」

一人で行動していたならば、きっと、襲いやすかっただろう。

「そっか、ありがとうな、白井」

「お役に立てずにすいません。千尋くんが気にするという事は、噂《うわさ》は本当なのね」

「噂？」

「星護町の相次ぐ失踪事件は実は人間以外の怖いモノの仕業で、犯人捜しに神坂のおうちの人が関わっているんだって……そうなの？」

千尋は口ごもった。

「そういう可能性はあるのかも、って。俺は全くそういうことはわからないんだけど」

「そうですか……。早く、犯人が捕まるといいですね」

桜はそう言って、アルバムの棚を示してくれた。

「十年以上前の卒業アルバムはこちらにあります」

「ありがとう、桜ちゃん。探してみるね」

透子が言った時スマートフォンに着信があって、桜はちょっとごめんなさい、と図書室を出た。透子は母親の卒業年を探そうと棚に視線を走らせて……、コンコンと窓の外を叩く音に気づいた。なんだろう、とふと目線をあげて、思わず声をあげてしまう。

「だいふく！」

窓を開けると、白い毛並みに赤い目のだいふくが図書室の窓枠に立っていて、ガラスに張り付いている。透子の視線に気づくと、猫は二つに分かれたしっぽをご機嫌に振っていた。

「だいふく、どうしたの⁉」

「来ちゃダメだって、言っただろ⁉」

だいふくは窓からぴょんと飛び出して、千尋の肩に飛び乗った。

「お留守番いやだ！　オレ、千尋が何日もいないの、我慢したんだもん！　透子と千尋とずっと一緒にいる！」

だいふくは千尋の肩にしがみ付いて、駄々をこねた。

このまま帰すわけにもいかないので、千尋がため息をついて、猫を頭の上に乗せた。

「わかった。──だけど大人しくしておくんだぞ？」

「はぁい！　二人は何をしているの？」

「私のお母さんの写真をみているんだよ」

透子は卒業アルバムを開いて母を見せた。

透子そっくりな、だが少し大人びた少女が写っている。

「わ！　透子がいるー」

「私じゃなくて、お母さんだよ」

だいふくがはしゃぐので、透子も楽しくアルバムをめくる。

ついでにと千尋が十年前のアルバムを開いて千瑛を見つけた。弓道部だったらしい千瑛は、どの写真も笑顔で写っている。

陽のオーラが半端なくて、どの写真でも中心にいるからさすがだ。

「ずいぶん古いアルバムもあるんだな」

背表紙が筆文字で描かれたものまである。

「――これって昭和のはじめだね。そんな時代から星護高校はあるんだ」

透子はその中の一冊を何気なく手に取った。

「女の子ばっかりだ」

「昔は女学校だったらしいから」

卒業アルバムと言いながら生徒の写真だけでなくて街の風景や家族写真も幾らか紛れ込んでいるので、ちょっとした郷土史みたいだ。透子は一つの写真に目を留めた。

和服姿の女の子と軍服の青年が並んでいる写真が目に入る。

どこかでみたような、と考えたとき、扉があいた。

「千尋くん、透子さん。そろそろ図書室を閉める時間ですが、もう大丈夫？」

「もちろん」

千尋はサッとだいふくを背中に隠して頷いた。透子はだいふくに、小声で注意する。

「だいふく、おうちに帰るまでじっとしてなきゃだめだよ」

「わかった、オレ、お人形のふりをしているね」

だいふくはモソモソと千尋の鞄《かばん》に潜り込んだ。

ちょこんと顔だけ出しているのでかえって可愛《かわい》くて目立つような気もするが、仕方ない。

母親の写真はスマートフォンで記録させてもらい、思わぬ収穫にほくほくと歩いていると、体育館の方が何やら騒がしくなっている。

何を思ったのか、千尋の鞄から、だいふくがぴょん、と飛び出した。

「だいふく！」

二人の制止も気にせず、白猫は人ごみの中を駆けていく。

「透子！　千尋」

「陽菜ちゃん、何かあったの？」

人垣の中から陽菜に呼び止められたので、透子は陽菜に尋ねた。

「体育館の二階から人が落ちて救急車が呼ばれたの。三組のファッションショーのリハーサル中だったんだけど」

そうこう言っている間に、正門から救急車がグラウンドに入ってきた。

救急隊員が担架を持ち込んで、女子生徒を運ぶ。だいふくが興味深そうに担架にのった女子生徒のあとを追いかけていく。

「こら、だいふく。邪魔しちゃだめだ」

「にゃにゃにゃー……」

「なにか、言いたいことがあるのか？」

「そうにゃにゃー」

だいふくが人の言葉をしゃべりそうになったので、千尋が慌ててその口をふさいだ。

担架から力なく腕がだらりと落ちたのをみて、生徒たちがざわめいた。

透子もその手を視線で追う。シャツの袖口からのぞく手首と指が不自然に細く、白い。

なんだか干からびたみたいに見えて、透子は口元を覆ってしまった。

「田中《たなか》さんっていう照明係の子が、二階の手すりを越えて下に落ちたみたいで」

「事故」

「落ちる時にすごい悲鳴が聞こえたって。怖いね」

陽菜が肩を竦《すく》める。それから、うん？　と千尋の手の中の白猫を見た。

「どうしたの、その猫」

だいふくが千尋の手の中で、うにゃ！　と尻尾を振った。

「あ、紹介するね。だいふくって言って……神社に新しく来た、ネコチャン？」

「なんで疑問形？　小町ちゃん以外にも猫を飼いはじめたんだ？　……千尋、あんたが猫好きだってのは知っているけど——、どぉしてわざわざ高校に連れてきたわけ？」

「違う。こいつよく脱走するんだ。偶然そこで捕まえて……一緒に帰るところ」

「ここまで来たの？　猫が？　いっぴきで？」

陽菜は釈然としない風に目を丸くした。

陽菜が教師と友人に呼ばれてその場を離れると、だいふくが二つに分かれた可愛いしっぽをフリフリと振った。

「さっきの、事故じゃないよ、だいふく、わかるもん」

透子が千尋の手の中のだいふくを見ると、白猫はじたばたと脚をばたつかせた。

「鬼のにおいがしたよ。さっきの子は——鬼にかじられちゃったんだ」

透子と千尋は顔を見合わせた。


「——それで僕を呼んだって？」

二人に召喚されてすっかり夜になった高校にやってきた千瑛は正門に現れると、「やあ」と手を振った。だいふくの言葉を伝えると、「とりあえず体育館に行ってみようか」と二人の誘導を待たずに歩いていく。

「千瑛さん、ごめんなさい」

「ん？　どうして」

透子の謝罪に、千瑛が首を傾げる。

「だいふくが気づいたのに、私なにも見えなかったし感じなかった……」

「んー、式神の能力は術者の能力だったりするから、無意識で透子ちゃんが感じているって事だと思うけどね……時に、だいふく」

「なあにー、千瑛」

だいふくは千尋の胸から飛び降りて、千瑛の足元に駆け寄った。

髭《ひげ》をヒクヒクさせながら、上を向く。

「おまえは透子ちゃんの式神なの？」

「うん、そうだよ！　オレ透子のシキガミでもあるの！」

「でも、か」

千瑛は、ほぉんと鳴く白猫を撫《な》でた。千瑛は勝手知ったる様子で体育館の扉をあけ、無人の体育館の電気をつける。ステージはやはり無人だったが、ショーのセットがそのまま残っていた。

「千瑛、扉を勝手にあけているけど、学校側の許可とかとったのか？」

「僕はお前たちを迎えに来たついでに母校の中で遊んで帰るだけなんだから、許可なんかとるわけがないだろ！　で、どこからその子は落ちたって？」

「あっち」

千尋がステージとは真逆の二階を示す。星護高校の体育館に観客席はないが、二メートル程度のキャットウォークが壁に沿って存在する。

英語劇に使われる照明器具一式は、ステージの対面にあった。

「ここから落ちたのか。四メートルはありそうだな」

落下したとき彼女はファッションショーのリハーサル中で、照明係は彼女ともうひとり。ただもうひとりはすこしだけ持ち場を離れていた。そのわずか数分の間に悲鳴と、揉《も》みあう声が聞こえて……。

「ここから彼女が落ちた、か」

だいふくが、タタタと照明セットの下に行く。

「ここだよ！　ここで味見されちゃったんだ。鬼のにおいがするもん」

透子はだいふくのいる場所に視線を走らせ……、違和感を覚えてだいふくの周りを凝視して、一歩身を引いた。

「どうした、透子？」

「……千尋くん、あし。足が、見える……」

上履きをはいた足から足首までがそこにあった。足首から上はスーッと透明になっていて、何もない。明らかに通常のものではない。——爪先《つまさき》が、こちらを向く。

上履きに書かれた「タナカ」の文字に透子は息を呑《の》んだ。

「上履きが見える。足しか見えないけど。田中さんの名前が書いてある」

「さっき落ちた子か！　まさか……」

透子は、亡くなった人の姿を見ることが出来る。ひょっとしてさっきの子が亡くなったのではないか……。

痛ましい思いで眺めていると、隣で千瑛が印を結んでなにやら低い声で言葉を紡いだ。

「それはどうかな？　全身が見えないという事は霊と言うより、思念に近い」

「思念……」

千瑛の指の動きに従って、田中さんが形を成していく。

青白い顔をした少女が、ぼんやりとステージを見ている。

（……照明の仕事って楽だと思ったのに、大変。なかなか焦点があわなくて）

夢でも見ているような表情だ。彼女はまだリハーサルの最中なのかもしれない。

「そこにいるのか」

「うん。照明の事を話している」

亡くなっていないと分かって安心したものの、やはり、ちょっと恐ろしい。

つい後退《あとずさ》ってコードに引っ掛かりそうになった透子を「大丈夫か？」と千尋が支えてくれる。千尋が眉根を寄せた。

「本当だ、三組の田中さんだ」

「……千尋、お前見えるのか？」

千瑛の問いに、千尋は驚いた顔のまま頷《うなず》いた。そして透子をじっと見て、手を離す。

それから、また透子の手を握った。――透子の鼓動は跳ね上がったのだが、千尋は気づいていないようで、深刻な顔で言った。

「この前もだけど、透子に触っていると同じものが見える……。すごいな」

「……そ、そうなんだ」

「全然能力がない俺にまで見えるって、どういうことなんだろうな？　透子は他の人間にも、見ている風景を伝えられるって事か」

千尋がいうと、だいふくがひくひくと髭を震わせた。

「違うよ！　千尋は見えてないだけだよ。からだの中にいっぱい力あるよ！　だって、オレを作ったじゃない！」

千尋がきょとん、とした表情でだいふくを見つめ返し、千瑛がちら、と白猫を見た。

「だいふくは……透子の式神だって言ったよな？　じゃあ、千尋はだいふくの、何だ？」

白猫は元気よく叫んだ。

「千尋はね！　オレのおかあさん！」

「はあっ？」

予想外のだいふくの言葉に千尋の目が点になる。

透子も呆気《あっけ》に取られた。だいふくは、なおもつづける。

「だいふくねえ、一回死んじゃってから、ずーっと神社のまわりをうろうろフワフワしてたんだあ。だけど、透子がオレをみつけてくれて、すこし、大きくなれたの。千尋がオレに、ネコチャンになれって命じたんだ。千尋が作ってくれたから、オレ、だいふくになったんだよ！　だから千尋はオレのおかあさんなの！」

「……それって、どういう？」

千尋は混乱しているし、透子もよくわからない。

千瑛は参ったな、と頬をかいて、従弟《いとこ》に向けて半透明の女子生徒を指差した。

「今はいい。そのことは……また、今度考えよう。千尋、あの子の手を握って聞いてみてくれるか？　……ここで何があったのか」

「えっ？」

「いいから早く！　そうだな、お前の知っている田中さんを思い出しながら、ここに来いって念じてくれ。彼女と会話ができたら、何があったか聞いてみてくれ」

千尋は、頷いて透子の示す方向に手を伸ばした。

千尋の手が触れた瞬間の変化に、透子は唾を呑み込む。千尋に触れられた田中が、まるで器に絵の具を流し込んだかのように、そこに現れる。ついさっきまでホログラムのようだった彼女が、まるでそこに実在するかのように、変化した。

それこそ、千尋に作られたかのように、だ。

(あれ？　やだ、うそ、神坂君っ！)

今までぼんやりしていた田中の表情に、急に生気が戻る。

(夢の中で会えるなんてラッキー！　どうしてここにいるの？)

どうやら、田中にとって今ここは、夢の中らしい。

ぎゅっ、と手を握られた千尋は一瞬怯《ひる》んだが、彼は紳士的に少女の名を呼んだ。

「田中さん、さっき田中さんがここから落ちてしまって。それで今、田中さんは病院の中で夢を見ているんだと思う」

(夢、そうねえ。これは夢ね！　ああ、でも夢の中でも、神坂君ってかっこいいね)

千尋は眉間に皺《しわ》をよせて唸《うな》った。田中は千尋のファンだったらしい。

「ええと……ありがとう。ひとつ聞きたいことがあるんだけど、いいかな」

(うん！　なんでも聞いて)

「……どうして二階から落ちたの？　ここは手すりも結構高さがあるのに。どうして？」

田中は急に表情を曇らせた。

(聞いて！　ひどいのよ！　――あいつ、いきなり襲い掛かってきたの)

「……あいつ？」

(私の髪の毛をひっつかんで、「綺麗《きれい》な髪を寄越せ」っていうの！　信じられない！)

田中はぷんぷんと怒っている。それから、透子にキッと視線を向けた。

(芦屋さんの真似《まね》をして、髪を伸ばしたままにしておくんじゃなかった！　切ればよかった！　あんなのに狙われるなんて想定外だよ、本当に怖かったんだから！)

「長い髪……」

(いきなり髪を摑《つか》まれて、首を絞められて力が抜けていくの！　本当に怖かった)

首を絞めた時に、生気を食らっていたのかもしれない。

鬼は、人の生気を主食にするというから。

「襲ったのは、誰？」

千瑛が田中に詰め寄ると、田中は首を傾《かし》げた。

(……ええと、誰だっただろう。……さっきまで覚えていたのに……忘れちゃった。私きっと死ぬんだわ、って思っていたのに、あの人が、助けてくれて)

「助けた？」

(ううん、……あれも、誰だったのかなあ)

田中は自分の言葉につられたように、呆《ほう》けた顔になる。

……またぼんやりとした表情になると、すぅ、と煙のように霧散してしまった。

「ここにいたのは、思念だけだったんだろう。消えてしまった」

千尋と透子は顔を見合わせた。

「田中さんは忘れた、って言っていたけど。それってつまりは知っている顔だった、ってことだよね？」

「高校のどこかに、鬼がいるのかな。生徒か、先生か、職員か何かに扮《ふん》して……」

「事故に見せかけて、生徒を襲うつもりだったんだろうか」

だいふくが何かに気付いたかのように、体育館の入り口を眺めた。

「透子さん、千尋くん」

手を振っている女子生徒は桜だった。

三人が一階に降りると桜は千瑛に気づいて、しおらしく自己紹介をした。

「初めておめにかかります。透子さんと千尋くんの同級生で、白井と申します……」

見事な美少女っぷりに、どうも！　と千瑛もにこやかに挨拶を返す。

「体育館に灯《あか》りがついていたので気になって。三人ともどうかなさったんですか？」

千尋はしばし逡巡《しゅんじゅん》してから口を開いた。

「迎えに来てくれた千瑛に校内を案内していたんだ。従兄はここの卒業生だから懐かしいなって話をしていたところ」

桜も神坂の家の事は知っているだろうが、鬼云々《うんぬん》のことはあまり話さない方がいいと判断したみたいだ。

「ＯＢでいらっしゃるのね」

だいふくが千尋の鞄《かばん》から顔だけを出して、桜の匂いをひくひく、と嗅ぐ。

桜が可愛《かわい》い猫ちゃんね？　というと、だいふくはごろにゃん、と顔を桜の手に擦《なす》り付けた。

「桜ちゃんも遅いのね」

「ええ、事件があったので、物騒だからと兄が迎えに来てくれるのを待っていたんです。車なので千尋くんたちもよろしければ一緒にどうですか？」

「悠仁さん、来ているんだ？」

千尋は少しだけ嬉《うれ》しそうにしたが、千瑛をみて遠慮しておく、と申し出を断った。

「俺のところも千瑛が車で来ているから、大丈夫」

「そうですか。ではお先に失礼しますわね」

車の外に出ていた悠仁がこちらに、というよりも、千瑛に向かって一礼する。

車に乗り込む白井兄妹《きょうだい》を見送りながら、透子はぼんやりと先程の卒業アルバムを思い出した。

——仲のいい兄妹。

途端にひやりと背中を汗が伝う。

卒業アルバムにあった、あの既視感を覚えた写真。

軍服の青年と和服姿の少女の写真は、白井家のリビングに飾られていたものと同じだ。

白井家のリビングにあるのと同じ写真が昭和初期の卒業アルバムに掲載されていたことを桜に教えてあげたら喜ぶだろうか、と思いつつ走り去る車を見送った。

……あの椅子に腰掛けた少女とその兄の写真。

少女と桜はそっくりだが、兄の方はどうだろう。悠仁と似ているのだろうか。

ひょっとして、と透子のあたまにひやりとした疑念が生まれる。

戦前からあの二人はずっとあの姿で生きているのかもしれない。

鬼は何百年も生きるというし……。

さきほど図書室に透子と千尋を置いて、桜はどこに行っていたんだろう？

もしも、ここに来て、田中を襲っていたのだとしたら……？　埒《らち》もないことを考えてしまって、透子は首を振った。

――どこか浮世離れした兄妹だからって、そんなことを考えるのは失礼だ。

透子は鞄から頭だけを出しただいふくを、撫《な》でた。

「だいふく、あのね。さっきのは桜ちゃんって言うんだ。仲良しなの……覚えておいて」

だいふくは、透子の説明に、ぴょん、と耳としっぽをはねあげた。

「わあ！　じゃあ、だいふくも仲良くしよう！　いい匂いがしたねえ」

無邪気な回答に、透子はほっとした。

だいふくが何も反応しない、というのだから白井兄妹が鬼であるわけがない。

先日、悠仁が透子を神社まで送ってくれた際も、だいふくは何も言わなかった。だから怪しいものではありえない。そもそも、二人がもし鬼なら千瑛が気づかないわけがないのだ。友達を疑うなんて最低だと透子が反省していると、千瑛がやけに楽しそうに言った。

「さあ、体育館にはもう手がかりがないから引き揚げて、次は病院に行こうか」

「えっ！　病院？」

驚く透子に、千瑛はさも当然とばかりに頷《うなず》いた。

「田中さんのお見舞いに——忍び込もう。彼女のさっきの証言が本当なら、鬼は食事をし損ねたって事になる。お腹《なか》が空いているだろう」

「……病院にいる彼女をわざわざ狙うか？」

「どうかな。鬼は一度狙った獲物に執着するから、来るかもしれないね」

「ヒグマかよ」

「近いものは……、あるよ」

千瑛が車のドアをあけ、二人も乗り込む。

高校から十分もはしらせないうちに、三人は病院に到着した。

「けど、こんな夜中に病院に忍び込めるのか？」

病院の駐車場に車をとめて、裏口にさっさと進んでいく。

「いやあ、非常事態だからしかたないね？」

病院の裏口のセキュリティに千瑛が白いカードをかざすと、ピッと電子音が聞こえて、あっさりと解錠された。

「いつの間にカードキーなんか、もっていたんだよ」

「んん？　友達がねえ、くれた」

「ろくでもねえな」

しれっと答えた千瑛に千尋が呆《あき》れた。が、千瑛はすたすたと病院の中に入っていくので、後ろからついていく。

「……これって不法侵入なんじゃ……？　いいのかな」

「お医者さんに見つかったら、皆、ダッシュで逃げるんだぞ！　車の所で集合だ」

「集合だー」

千瑛とだいふくは楽しそうだが、真面目な千尋と怖がりな透子はそろそろとついていくしかない。

「だいふく、さっき、高校で会った田中さんがどこにいるかわかる？」

透子が尋ねると、白猫はするりと千尋の腕を抜け出した。

「わかるよぉ！　こっちだ」

だいふくに誘導されて二階へあがる。巡回の看護師をやりすごしてナースステーションも過ぎ去ると、あそこ！　とだいふくが前脚で指さした。

様子を窺《うかが》おうとした透子を「しっ」と千瑛が制止する。

「白波《しらなみ》」

彼は小さく自分の式神の名前を呼んだ。白い烏《からす》が現れる。今日は小さな姿ではなく、初めて会った時のように大きい。

機械音しかしない病棟の隅で、三人と二体の式神は息を潜めた。

「……やめ、やめてっ！　やだっ！　――ふぐぅ」

病室から小さく悲鳴が聞こえたのと同時に、千瑛が叫ぶ。

「白波！　行け」

烏が鋭く翼を翻してドアに吸い込まれて行くように消えていき、だいふくも同じようにするりとドアに入っていく。

「ギャアアア！」

低い叫び声が聞こえて、遅れて飛び込むと壁際で、パジャマ姿の田中が怯《おび》えて震えているところだった。

真っ白なシーツには鮮血がべたりと付いて、くちばしで何かを食いちぎったような白波がいる。窓を突き破って、大きな影が出ていったのを「追え」と千瑛が鋭く命じた。

田中に近づくと、微笑《ほほえ》みかけた。

「大丈夫かな、ええと、田中さん、怪我《けが》は？」

「だ、だれ⁉」

千瑛の姿に、田中が悲鳴を上げる。それはそうだろう。いきなり見知らぬ男が病室に侵入してきたのだ。恐ろしいに決まっている。

「あ、ごめん。これには理由が……」

千尋が慌てて割って入り、田中は困惑の色を深くした。

「えっ⁉ 神坂くん、なに、これ？ どういう……夢の続き？ えっ⁉ ええっ⁉」

彼女の悲鳴に病院関係者が何事か、と集まってくる。だいふくが「お医者さんがいっぱいだぁ！」と呑気《のんき》に尻尾をふるので、透子は慌てて口を塞ぐ。

「貴方《あなた》達、一体？」

警察を呼ばなきゃ、とざわめく病院の人々に千瑛は微笑んで、医者らしき老人に名刺を出した。

「いつも、お世話になっております。私、こういうもので」

「……神坂の！」

「危急の件がありまして、この病室にたどり着きました。――色々とご説明をするので少しお時間を頂いても？」

名刺と千瑛を見比べながら、医者は頷いた。

千瑛が病院側に事情を説明すると、三人は即座に許された。不審がっていた病院の関係者も名刺を見た途端にピタリと黙ってしまう。

神坂の家は、病院の色々な施設に土地を貸与していたりするらしい。粗末に扱えない取引先なのだろう。帰り際、看護師の立会いのもと、透子と千尋は——というかおもに千尋が……田中に体育館の二階から落ちた時の事を尋ねたのだが、田中はしきりに首を捻《ひね》った。

「思い出せないの。髪の毛を引っ張られたのは覚えているんだけど……」

「そっか。田中さん、思い出してくれてありがとうな」

田中はとんでもない！　とブンブン、首を振った。

「あ、何か思いだしたら連絡したいし、あの、神坂くん。出来たら……SNSのアカウントを教えてくれないかな」

千尋は完璧な笑顔で、透子を見た。

嫌な予感を抱きつつ透子もみつめ返すと、千尋は透子を指差した。

「ごめん、俺、アカウント持っていないんだ。透子と連絡先を交換してくれるか？」

田中がおもいきり張り付いた笑顔で透子を見る。

針の筵《むしろ》だよ！　と内心涙目になりながら、透子は田中と連絡先を交換した。

——田中の周囲に再度同じものが訪れないように千瑛が細工をして、さらには後の処理を、和樹を呼んで頼むのだという。

「あいつ、仕事はまじめにするからね。田中さんの心配はもうしなくていいと思う」

病院も、神坂の名前が効いたのか田中の警護にはあっさり協力してくれた。

「立て続けに三人も被害者が出たんじゃ、しばらく休校にしたほうがいいんじゃないか」

千尋が窓の外を眺める。誰かの視線を感じた気がして、透子は顔をあげた。

白い車がゆっくりと遠ざかっていく。

先程学校で見た、白井悠仁の車に似ていたような気がして、ドキリとする。

やはり、田中を襲ったのは桜だったのでは。

そんなはずはない、考えすぎだ。相反する二つの考えが渦巻く……。

「透子、どうした？」

「ううん――なんでも、ないの」

透子は言葉を濁し後部座席に深く身を沈めた。


翌日、学校は朝から特別授業だった。

文化祭を三日後に控え、丸一日英語劇のリハーサルを行うのだ。

「えぇーっ！　白井桜休みなの？」

登校してホームルームが終わり、いざ練習をはじめようとした時に、学級委員が頭を抱えた。透子たち、二組の演目は「オズの魔法使い」で高校生の英語劇としては好まれる演目だ。帰国子女の桜は、ドロシー役、つまりは主役なのだが彼女が登校していないという。

「桜ちゃん、どうしたの？」

透子の脳裏に、またむくむくと疑いが頭をもたげる。

「風邪ひいたって連絡があったらしいよ。当日までに回復するのかな」

陽菜がため息をついた。

「風邪……そうか。なんとか回復するといいね」

透子が深刻な顔で頷くと、英語教諭の柴田が近づいてきて慰めてくれた。

「深刻にならなくても大丈夫よ、芦屋さん。あなた、台詞《せりふ》は完璧に覚えているんだし。あ、ただ、衣装がねえ……髪の毛は白井さんと同じくらい長いから似合うと思うけど」

「……衣装？」

透子はぱちくりと目を瞬《まばた》いた。

柴田は長そでセーターの腕を組んで、うんうん、と透子を眺めた。

「十センチは身長が違うみたいだから、衣装は大丈夫かしら？」

「……えっ？　どういう意味？」

戸惑う透子に、陽菜が笑った。

「白井が来られないのなら、代役は透子しかいないじゃん。三日しかないし、透子以外に台詞を覚えている人間いないし」

「そんな！　無理だよ！　私台詞は覚えているけど、演技なんかできないッ！」

あわてふためく透子を、「あーきーらーめーてー！」と、千尋の親衛隊の三人が引っ張っていく。

「白井がドロシーするより、芦屋さんの方が許せるわ」

「回復して戻ってきても、お前の出番は無いって、突き放してやる。くっくっ」

親衛隊は完全に私怨に走った悪役と化している。

千尋に助けを求めると、千尋はライオンの台詞を引用しながら笑った。

「『勇気が必要ー！』頑張ろうぜ、透子」

透子は青くなって、「無理！　絶対無理だから！」と半泣きで叫び——もちろん、英語劇のリハーサルは散々だった。

「あんなに棒読みらしい棒読みする人、初めて見た」

放課後の図書室で、陽菜はけらけらと笑っている。図書委員にじろりと睨《にら》まれて、慌てて口に手をあてる。透子は穴があったら入りたい気分で友人を見た。

「本当に人前で喋《しゃべ》るのが苦手なの！　千尋くんの度胸をわけてほしい……」

「あいつの場合、いつも演技しているようなもんだもんね。イイ子の千尋ちゃん」

さらっと重い台詞に透子は顔をあげた。陽菜は人の悪い表情を浮かべた。

「でしょ？」

「無理をしているなって感じはするね」

陽菜と千尋の付き合いは長い。幼馴染《おさななじみ》として思う所はあるのだろう。

「それより、何を探したいんだっけ？」

「うん、図書室の書庫にある、昔のアルバムがみたくて」

二組の図書委員は桜なのだが、休みなので副委員だという陽菜についてきてもらったのだ。書庫でアルバムを再度探し、透子は自分の母親のアルバム……ではなく、戦前のものだというアルバムをそっと広げた。

先日の記憶をたどりながら、ページを捲《めく》る。

「……あった」

透子は目当ての写真をみつけて、なぞる。

女の子は、服装と髪型をのぞけば、桜と瓜二《うりふた》つに見える。

隣の男性も驚くほど、悠仁に似ている。最終ページに写真の注釈文がまとめて記載されているのをみつけて、該当箇所に視線を走らせる。

『相馬《そうま》家の嫡男悠仁氏、長女櫻子《さくらこ》氏』

名字が、違う。

……だが、悠仁は同じ名前で、桜の名前は酷似している。一族だから似た名前をつけるのは当たり前なのだろうか。それとも敢《あ》えて変えていないままなのか。

ひょっとしたら、白井兄妹《きょうだい》は鬼で……桜が校内で事件を起こした、と言うような。

そんなことがあるんだろうか？

透子は悩みつつ写真をスマートフォンで撮影した。どう思うか千瑛にきいてみたい。

「吾妻《あづま》さん、芦屋さん。そろそろ閉室よ？　勉強熱心なのはいいけれど、早く帰ってね」

担任の柴田の声に、透子は顔をあげた。図書委員の顧問だという柴田は腕いっぱいに抱えきれないほどの本を持っている。

「うわ、先生、手伝いましょうか？　重そう！」

「ありがとう、吾妻さん――って、きゃあっ！」

陽菜が本を持とうとした瞬間、柴田はバランスを崩して、しりもちをついた。

「痛いッ！」

転倒したときに思い切り腕を打ち付けたらしい。

柴田は右手を押さえて、涙目になっている。

「先生、大丈夫ですか？」

「ちょっとひねったわ」

陽菜が慌てて柴田に駆け寄る。陽菜が一緒に保健室に行くというので、透子は図書室の施錠と、散らばった資料の片付けを柴田の代わりに請け負った。

全ての資料を棚に保管し終えて……それから、もう一度アルバムを見る。

戦前のアルバムの隣に、戦後すぐに作成されたアルバムもみつけて……、数年分を手に取る。女子生徒の顔を一ページずつ確認しながら三冊目で、指を止める。

さすがに戦後になると、写真も鮮明になる。

「……桜ちゃんと、同じ顔だ」

名字は白井、ではない。写真の下には「白石《しらいし》さくら」と名前がある。

透子は、無言で「白石さくら」の写真を撮影すると、アルバムを……棚に戻した。


その日、千瑛に頼んで透子は白井家に車で連れて行ってもらった。

表向きは、学校のプリントを届けるためで、実際は……、桜の様子を窺《うかが》うためだ。

千瑛にいつ写真の事を打ち明けようかと悩んでいるうちに白井邸に到着してベルを鳴らすと白井悠仁ではなく、お手伝いの女性が「はい、どなたですか？」と出てきた。

「あ、あの。桜さんと同じ高校の生徒ですが、桜さんはご在宅ですか？」

年配のお手伝いさんは申し訳なさそうな顔をした。

「桜さんのお友達！　悠仁さんと一緒にいま、関西の方にお出かけしていらっしゃるんです。どうもご親戚にご不幸があったみたいで」

透子は、そうでしたか、とため息をついた。

「いつ戻られるんでしょうか？」

「ううん、どうでしょうかねえ。しばらく、としか聞いていないんですが」

透子はプリントだけ渡して、帰宅することにした。

車に乗り込んで、隣にいる千瑛に打ち明けようと思ったけれど、なんとなく、口をつぐむ。……もし、違ったら？

鬼だと、犯罪者だと疑うなんて取り返しがつかない、すごく失礼な話だ。

桜はいろいろと透子にもよくしてくれたのに。

「はやく白井さんも学校に来られるといいね」

「そうですね」

透子は助手席で曖昧に頷《うなず》いた。

だけど。

鬼に手傷を負わせた翌日から桜は学校に来ていない。偶然にしてはタイミングが良すぎる。疑うのも仕方ないのではないか。

それに、写真……。戦前にこの星護高校にいた「相馬櫻子」と、戦後に通っていたという「白石さくら」が白井桜と同一人物のように思えてならない。

どうしても疑いが晴れない。

翌日、やはり桜は登校せず、担任の柴田から「家庭の都合で一週間程度やすむ」ということが告げられた。

文化祭の最終リハーサルをしながらも、透子はどうも上の空でドロシーの台詞をよんでしまう。緊張をしなかったせいで、かえってうまく話すことが出来たのだが。

「ちょっと休憩にしようか！」

学級委員が告げて透子もステージを降りた。

女子生徒たちに手招きをされて何事かと思っていると、ドロシーの衣装を手渡された。

「わあ！　可愛《かわい》い。もう出来たんだ？」

「丈の直しだけだったからねー、芦屋さん腰が細くて助かったよ」

衣装係に着付けてもらって鏡の前に立つと、稽古用のジャージとはあたりまえだが全く違って華やかになる。透子はどちらかと言えば和風の顔立ちなのでばっちり似合う、と言うわけではない。目がぱっちりとした桜の方が似合っただろう。

「桜ちゃん、この衣装気に入っていたのにね。残念だろうな」

「透子も似合っているって。ほい、お茶」

「千尋くん」

どこかで買ってきたのかペットボトルを差し出してくれる。衣装係の女子生徒にもお茶を渡すと彼女は顔をほころばせた。

「神坂君、優しいー！」

「だろ？　って金主は俺じゃなくて柴田先生。お礼言ってあげて」

そつなくフォローするところがさすがだ。

女子生徒が柴田のところに行くと、千尋は透子の横に並んだ。

「昨日からずっとなんか悩んでいるけど、代役しんどい？」

「えっ、そんな事ないよ。それに……ほかに出来る人いないし、頑張る」

千尋はにやりと笑った。

「俺も実は全員の台詞覚えているから、ドロシーやろうか？　うけるだろうし、ひょっとしたら衣装が透子より似合うかもしれない。透子、その代わりライオンやってよ」

透子は想像してちょっとふきだした。

千尋はかっこいいけれど、きりっとした顔立ちだから女装は似合いそうにない。

「いい、頑張る……そもそも千尋くん、衣装が入んないよ」

千尋は頬を緩めた。

「やっと笑った」

透子が見上げると、ライオンの飾りをつけたどこか滑稽な姿で千尋は笑った。

「何か不安があったら言ってよ。同じ居候仲間だろ。相談乗る」

ほら、と千尋が手を差し出す。

「行こうぜ」

笑顔がまぶしい。――千尋の笑顔一つで心がふわりと軽くなるのを自覚して、透子が立ち上がったところで休憩が終わった。

後半のリハーサルが終わったら今日は解散になる。透子は覚悟を決めた。

「千尋くん、リハーサルが終わったら、見てもらいたい写真があるの」

「わかった」

千尋は頷いた。


神坂家に戻り、リビングで透子はスマートフォンの画像データを見せた。リビングは千尋の希望でこたつがおいてある。

「ちっちゃい絵が、たくさんあるねえ。あ、だいふくと小町もいるぅ」

「なぉん」

だいふくと小町が寄ってきて覗《のぞ》きこむ。透子はデータをスライドさせて、桜にそっくりな写真を見せつつ、自分の疑念を吐き出した。

「勘違いかもしれないけれど、なんだか色んなことが符合しちゃって」

「白井が鬼で、田中さんたちを襲ったかも、か。……画像データ貰《もら》っていいか」

千尋は透子のスマートフォンを操作して自分のパソコンに画像データを転送した。

千尋が画像編集ソフトを起動して三枚の画像を重ねる。

「戦前の写真は画質も粗くて重ならない。だけど白石さくら、と白井桜は結構一致する」

「……ありえない話じゃないと思う。白井は帰国子女で小学校の頃は日本にいた、って言っていた。その割には小学生の頃の友達がいるわけじゃないし。悠仁さんがもしも鬼なら、翻訳家ってのは、いい仕事だよな。表に出なくてもいいし」

悠仁は冗談で百年くらいかけて色々な資料を集めたと言っていたが、あれすら本当の事だったらどうしようか。千尋は「全部憶測だけどな」とノートパソコンを閉じる。

「千瑛にも、データを送って伝えておこう」

千瑛は今日明日と仕事の都合で留守にしている。明後日《あさって》の文化祭本番には戻ってくると言っていた。

「もしも、本当に桜ちゃんがそう、だったとしたら、どうなるの?」

「……俺にはよくわからないけれど」

ひょっとして、桜は捕らえられたり殺されたりするんだろうか……と透子は今更ながら震えた。なにかとんでもないことを言いつけてしまったような罪悪感がある。

「死人が出るところだったんだ。白井が鬼なら罰を受けるのは仕方ない。もし鬼じゃないとしたら疑いが晴れるのはいいことだろ?」

「うん」

透子はそうだねと同意する。

「どう思う?」

だいふくが透子の肩に飛び乗って、ごろごろと喉を鳴らしながら意見した。

「桜！　いい匂いしたけど、おなかが空いた匂いはしなかったよ」

「だいふく……じゃあ、桜ちゃんは鬼じゃないって事？」

だいふくはううん？　と首を傾《かし》げた。

そこはよくわからないようだ。

「ま、いいや。こういうのは専門家に任せようぜ。千瑛には連絡したし……調べてくれるだろ？　きっと」

頷いたとき、透子のスマートフォンになにやら着信があった。

すみれからだ。

『あ、透子？　今通話していて大丈夫かな？』

「うん！　大丈夫。どうしたの？」

『実は明後日の土曜日、またそっちに行くんだけど、神坂さんのおうちにご挨拶に行こうかなと思って。皆さんいらっしゃる？』

透子は「嬉《うれ》しい！」と言いかけてはた、と気づいた。

「すみれちゃん、ごめん。その日は実は文化祭で……」

朝から夕方まで英語劇の対応でずっと校内にいるのだ、と告げるとすみれは電波の向こうで、ほほぉ、と面白そうに笑った。

『透子が主役やるんだ？　ちょうどいいや、観《み》に行くね？』

「えっ？　来なくていいよ！」

『写真をとってあげるってば！』

すみれを説得するが、従姉《いとこ》は面白がって質問を重ねてくる。とうとう開演時間まで全部白状してしまい、すみれが英語劇を観に来ることになってしまった。

千尋が「透子って誘導尋問に弱いよなあ」と妙な感心をしている。

「……千尋くん。やっぱりドロシー役、代わってほしい」

「ヤだよ。もう衣装直し間に合わないし。実は俺、ライオン役、気に入っておりますので」

「なんでも相談しろって、言ったのに……嘘《うそ》つき……」

「ばかめ。相談には乗るが、解決してやるとは言っていない」

外面が完璧な千尋くんは仲良くなると結構つれない、という事を透子は身をもって感じつつ、あああと後ろ向きに倒れた。

星護高校の文化祭は毎年、十一月の最終土曜日に開催される。

飲食の提供は禁止されているので、クラスで何か出し物をするのだが、お化け屋敷《やしき》や手芸などの展示系と、音楽や演劇の披露をステージで行うクラスと半々だった。

透子たちのクラス、二年二組はくじ運がいいのか悪いのか、体育館のステージを使う最後の組だ。透子は舞台袖から満員の観客席を見渡して、へなへなと崩れ落ちた。

「も、終わったらだめでしょうか……口から心臓が出そう……」

「大丈夫だって。最後のクラスって結構、みんな疲れて聞いてないから、ね？」

「陽菜、それはあんまりだろ！」

学級委員が口を尖《とが》らせる。

「あ、ごめん。透子があんまりがちがちになっているから、つい……」

観客席には一般の客も少なくない数いるみたいだ。

透子は観客席後方の席にすみれがいるのを見つけ、意を決して立ちあがる。千瑛がくれた針水晶の数珠を御守り代わりに久々に手首に装着する。ついでに母の形見の小さな手鏡もポケットに。これは小道具を取り出せるように衣装の子が作ってくれたものだ。

がくがくと足が震えて生まれたての仔鹿《こじか》のようになった透子を、ライオン役の千尋が慌てて支えた。

「平常心、平常心……。台詞《せりふ》飛んだら俺が代わりに喋《しゃべ》ってやるから」

「……千尋くん、お願い」

後ろで陽菜が笑っている。

「頑張って、透子！　一生懸命台本を覚えていたじゃない。大丈夫、出来るよ」

「準備オーケー？」

「うん」

と進行係の確認が来て。

――幕が開いた。

オズの魔法使いは少女の冒険譚《たん》だと透子は思う。

ドロシーと飼い犬のトトは竜巻に巻き込まれて家ごとオズの国に飛ばされてしまい、家はたまたま魔女の上に落ち、悪い魔女をほろぼしてしまう。

カンザスの街に帰りたいドロシーはオズの魔法使いに帰郷を願うことに決めて、「知恵を望むかかし」「心を望むブリキのきこり」「勇気を望むライオン」と出会い一緒に「エメラルドの都」に向かう。結局、ドロシーは自分が履いていた銀の靴に願って故郷に帰る。

透子とドロシーはすこし状況が似ているなと思う。

新しい環境で、何かを必死に探している。ただ、透子も冒険の途中だというならば、故郷には帰りたくない、というのがドロシーとは違うところだ。

星護町はちょっと不思議なところだけど。……故郷にいるよりもずっと楽に息ができる。

震える声を、お腹《なか》を押さえて力を込めて誤魔化《ごまか》しながら、ドロシーは舞台上に足を踏み出した。スポットライトで目がくらむ。

『危険なところに向かう時、誰だって怖いさ！』

ライオンの台詞で透子が一番すきな言葉だ。

危険なことや新しいことが怖くないわけがない。

だけど、一人じゃなければ立ち向かうことが出来る。

銀の靴を履いて、自分の足で歩いていけば、怖さも孤独も少なくなる。

カンザスの街に戻ってきたドロシーは息を切らしながら、観客に向かって叫ぶ。

『故郷に帰って来たのね、私すごく嬉しいわ！』

最後の台詞を透子が言い終えると、観客席の照明が一斉について周囲が明るくなる。

ワッと拍手が湧いて、透子はばくばくと鳴る心臓を押さえた。


「こっちこっち」

クラスメイトに誘導されながら舞台の真ん中でぺこりと礼をすると、「可愛《かわい》いよ！　透子ちゃんー代役お疲れー」と野太い歓声が聞こえて笑い声が起きた。

観客も皆、透子が代役だと知っていたのだろう。

陽菜が「あの馬鹿！」と半眼にした。声の主が陽菜の彼氏の楢崎《ならさき》だったからだ。

ライオン役の千尋がいつの間にか隣にいて、お疲れとこっそり囁《ささや》いた。

「私、台詞が何回か飛んじゃった気がする」

「ノーカン、ノーカン。俺もとちったし。うちの学校、英語の成績悪いから絶対ばれてないって！」

メインキャストでもう一度中央に出て礼をすると、あたたかい拍手が降り注ぐ。

すみれがはしゃいで手を振っているのが見えた。従姉は後方の席でカメラを構えている。

「すみれちゃ……」

従姉が向けたカメラに透子は手を振って、そのまま凍り付いた。

すみれの隣に、制服姿の小柄な女子生徒がいたからだ。彼女は控えめに微笑《ほほえ》んで、品よく拍手をしている。

「……桜、ちゃん」

どうしてそこに？　と音もなく言葉を紡ぐ。

楽しそうに写真をとっていたすみれは、邪魔だったのか長い髪を慣れた様子でひとつに括《くく》った。隣の桜と楽しそうに話をしてカメラをバッグにしまうと体育館を出ていく。

（すみれさん、楽屋に行きませんか？　私、案内いたします）

（本当？　桜さんありがとう）

聞こえるわけがないのに、そんな言葉を交わしたかのように見えた。

呆然《ぼうぜん》としている透子をおいてけぼりにして、ゆっくりと緞帳《どんちょう》が降りていく。

二人が視界からフェードアウトしてしまう。

透子の背筋に、ヒヤリとした汗が流れる。

「やったー、終わったーよかった！」

陽菜が飛び出して透子に抱き着く。舞台袖では柴田がぱちぱちと拍手をしていた。

「よかったわよ！　芦屋さん、上出来、上出来」

「先生、すいません、私ちょっと捜してきます」

「芦屋さん？」

「すみれちゃんが、——すみれちゃんが、桜ちゃんと一緒にいるんです！　助けなきゃ！」

透子は叫んで、衣装のままステージを飛び出し、柴田が「待ちなさい」と叫ぶ。

後を追おうとした陽菜と千尋を柴田が止めた。

「あなた達はちゃんとアンコールに応えて、片付けもして！　先生が追いかけるから」

千尋たちは困惑したまま、そこに残された。

透子は裏口から体育館を抜け出す。携帯端末だけを握りしめて駆け出す。

「すみれちゃん、どこにいるの？」

半泣きになって、従姉に電話をかける。

——つながらない。

「お願い、気付いて」

メッセージを送る。

……既読にならない。

透子は震えながら走った。どうしよう。すみれに何かあったら、どうしよう。

透子が文化祭に招待したばかりに……！

泣き崩れそうになりながら、透子は……、ぎゅ、と唇を嚙《か》んだ。ここで泣いてもなんの解決にもならない。

袖で涙を拭って息を整えた、その時。

「透子だあ！　お洋服キレイだねえ！　ヒラヒラあ」

ぽんっと空中から現れたのは白い毛並みに赤い瞳をした、猫だった。

ご機嫌な尻尾は今日も二つに分かれている。

「だいふく！」

「どうしたのぉ？　なんで透子、泣いているの？」

「うにゃん」と見上げてくるだいふくを抱き上げて、透子は式神に頼んだ。

「だいふく、お願い。力を貸して……、一度会ったことがあるでしょう？　白井桜さんがどこにいるか、案内してほしいの……！」

きょとん、と首を傾《かし》げた白猫は、髭《ひげ》をヒクヒクとさせてから前脚をチョイチョイ、と空中に遊ばせた。

「あっちだよー。この前透子が遊んでいた、本がいっぱいあるところ！」

「わかった、ありがとう」

透子はだいふくの示す方向に駆け出して、バランスを崩してしまう。

擦りむいた膝に顔をしかめながらも、衣装の銀の靴を脱いだ。可愛らしい靴だがヒールが高くて走りづらい。衣装係のみんなに心の中でごめんねと謝りながら、靴をそろえておくと、裸足《はだし》で走り出す。

スマートフォンで再びすみれに通話を試みるけれど、やっぱりつながらない。

桜にも同様にしたけれど、つながらない。

千尋に「図書室に行く」とだけ短文を打って透子は再び駆け出した。図書室の入り口は、今日は文化祭だから閉じられているはずが、誰かが入った跡がある。

「だいふく。ここに桜ちゃんがいるの？」

「いるよぉ、別の人達もいるよぉ」

人達。

透子は、ぞっとした。ひょっとしたら桜は一人ではないのかもしれない、悠仁が、別の鬼の仲間がいたら……透子一人ではどうにもならない。引き返すかせめて千瑛に連絡を、と思った時、押し殺したような女性の悲鳴が聞こえた。透子のよく知る声だ。

……すみれちゃん！

「……だいふく」

ごくり、と透子は唾を呑《の》み込んだ。

「なあに？　透子」

「……おねがい。千尋くんを呼んできてくれる？」

透子は入り口にあった傘を摑《つか》み、足音を立てないように二階に上っていく。桜を驚かせている間、せめてすみれが逃げられるように時間を稼がなきゃと思う。

階段を上ってすぐにある二階の扉は開け放たれていた。

そっと近づいて桜を足止めしなくちゃ……と思って。

透子は視界に飛び込んできた人物に息を呑んだ。

「――――ッ」

書庫に入ってすぐ、真正面には桜がいて、その桜とばっちり目があう。

透子は悲鳴をあげそうになるのを堪《こら》えた。

やっぱり、桜が……！

だが、桜は襲い掛かってくるどころか腰が抜けたかのようにその場にへたり込んでいる。

本棚の間に座ったまま、青い顔で必死に透子に向かって首をふり、人差し指を口にあてた。

声を立てるなという事だろう。

「…………？」

桜の様子がおかしい。それに、呻《うめ》き声が聞こえたはずのすみれがいない。

桜が鬼で、すみれを襲っていると思っていた透子は困惑する。桜に近づこうとしたが、桜は慌てて両手でバツを作って首を横に振った。

ぱくぱくと口をあけて、手で戻って、と言うようなジェスチャーをする。

透子が首をかしげると、桜はもう一度ゆっくりと無声で言葉を紡いだ。

（だ・れ・か・よ・ん・で・き・て）

泣きそうな顔で桜に言われ、透子は頷《うなず》いた。

音を立てないように、そのまま後ろに下がる。

だが持ってきた傘が金属扉に引っ掛かり扉は廊下の壁に当たって、ガンガン、と大きな音を立ててしまう。透子はやってしまった！　と目をつぶり、桜は耳を塞ぎながら、ああ、と声をあげずに呻いた。

「うっ、たすけ……」

奥から聞こえてきたのは、すみれの声だ。

透子は反射的に傘を構えて踏み出して叫んだ。

「そこにいるのは、誰！　す、すみれちゃんを離しなさい！」

勢いよく飛び出して……、そこに片手一つですみれの首を摑んで高々と掲げる女性の姿を見つけ、透子は呆《ほう》けた。

「あら？　早かったのね」

すみれをぶらさげて微笑んでいたのは。

——担任で英語教諭の柴田だった。


「……先生……えっ、どうして？」

透子は間抜けな声をあげた。

「見つかっちゃったね、芦屋さんにも」

「え、あの。——劇は……後片付け……」

「大丈夫。学級委員たちがしっかりしているから！」

いつもどおり柔和な表情の柴田は、すみれからパッと手を離す。

高い位置から落とされたすみれが、床に倒れて呻く。

「うふふ。美味《おい》しそうな子がもう一人増えてよかったわ！　先生最近文化祭の準備ですごく忙しくて。……先日は誰かに食事を邪魔されちゃうし、お腹《なか》がすごくすいていたのよ。この前、芦屋さんのところに、すみれさん？　が、来たでしょう？　髪が綺麗《きれい》で、おいしそうで。すごく食べてみたかったの」

「し、柴田先生……が、どうして」

「それはね」と柴田が微笑んだ。

赤い舌がちろりと覗《のぞ》く。見開かれた柴田の瞳は、人間であれば白目の部分が血のようにどろりと赤い。上機嫌な柴田の口が耳まで裂ける。透子と桜は怯《おび》えて身体《からだ》を寄せ合った。華奢《きゃしゃ》な手の爪も黒く、獣のように伸びている。

「私がね、鬼だからよ」

柴田は高らかに宣言した。

「……鬼」

「ヒトガタをしている鬼がいるのだ」と千瑛は言っていた。目の前にいる柴田はいつか見た小鬼とは比べ物にならないほどに、禍々《まがまが》しい。

手が伸びてくる。透子は悲鳴をあげながら、がんっと本棚に押し付けられた。

「や、やめなさいよ、馬鹿ぁ！　透子さん、逃げて！」

隠れていた桜がまろびでて、柴田の足にまとわりついて阻止しようとする。

桜はお腹を蹴られて、ぎゃんっと壁に打ち付けられた。本棚に押し付けられた透子は桜の側によった。すみれは頭を打ったのか、気を失ってしまっている。

「桜ちゃん、どうしてすみれちゃんといたの……？」

柴田と距離をとりながら聞くと、桜は震えながら言った。

「す、すみれさんが、透子さんの母上の学生時代の写真が見たいって言うから、お見せしようと思って……そしたら、その人が……」

透子は舌なめずりした柴田から後退《あとずさ》った。

「どうして開演前に来てくれなかったの？」

「間に合うように帰って来られるかがわからなくて。皆に合わせる顔がなかったのよ！　急に関西に行くからってドタキャンして、申し訳なくて。……英語劇、見ましたわ……！　透子さん、すごく立派にドロシーを演じていたわ！」

桜の親戚に不幸があったのは、本当の事だったらしい。

透子が大丈夫だよと桜を抱きしめ、柴田はにこにことその様子を観察している。

「白井さんもすごく頑張っていたけど、芦屋さんもばっちり代役をこなしていたわ。どうなることかと思っていたけど、皆が力をあわせる姿に先生すごく感動しちゃった。青春って感じよね！」

明るい口調に透子は恐怖を感じた。

「あなたを捜して、誰かがくると困るの。さ、はやく終わらせちゃいましょ？」

柴田は、アハハと明るく笑う。

「先生ね、人間の黒髪がすごぉく好きなの。若い女子の染めていない髪の味に勝るものはないわ。今は嫌な時代でみんな染めちゃって。だから校則の厳しい高校は天国よ？」

髪の長い女の子を物色しては、髪を切って食していたらしい。

「今日は美味しそうな子が三人も！　安心してね。生気を吸い取ってもちょっと抜け殻みたいになってしまうだけ。私は平和主義だから、命だけは助けてあげる」

身勝手な言い分に透子は柴田を睨《にら》んだ。

あづま庵でバイトする予定だった大学生は、確かに命はある。だけどいまだに抜け殻のようになっていると和樹から聞いた。

なのに、そんな勝手な言い分が許されていいわけがない。

「こんなに派手に動いたら、け、警察に、絶対捕まってしまうんですからね!?」

桜の憎まれ口に柴田は残念そうに視線を伏せた。

「そうね。せっかくいい狩場だったけど、警察も……、鬼狩りも来るでしょうし。そろそろ潮時みたい。芦屋さんみたいな目のいい子が来たから困るわ。──あまり目立つと、他の仲間たちに怒られてしまうし、私も場所を変えなきゃ。だから逃げる前に貴方《あなた》たちで私を満足させてね」

柴田はにこにこと笑いながら、鋭く伸びた黒い爪を長い舌でねとりと舐《な》める。

桜はひぃ、と透子にしがみつく。

「どっちから、もらおうかなあ」

柴田が舌なめずりをすると同時に、透子は視線の先で、すみれが薄目を開けているのに気付いた。すぐにでも駆け寄りたいが彼女は首を振って指をさす。

すみれの指の先、……柴田の肩越しに、息を殺した人影、千尋がいるのが見える。

そろり、と金属バットを持って近づいてきているが、遠い。五メートルはありそうだ。

……透子は、桜の手を握りしめながら柴田を見つめた。

時間を稼ぎたい。

柴田はさっきからずっと喋《しゃべ》っている。おびえた少女たちの様子を楽しんでいるのだ。

こういう種類の人間を透子は知っていた。伯母の百合《ゆり》だ。伯母と同じで柴田はきっと、鬱屈した思いがあってそれを晴らすために透子たちを虐げている。ならば、その鬱屈を聞いてほしいはずだ。

「……他の仲間たち、ってなんですか」

透子の問いかけにふふ、と柴田は笑った。

「仲間は仲間よ。ずっと昔からこの国で生きている鬼たち」

鬼、と透子は息をのんだ。

「――二十年前、あの方の一部が戻ってこられたでしょう?」

何のことかわからないが、時間を稼ぐためにも喋ってもらわなければならない。

「仲間たちは、あの方の封印が解けて戻ってこられるための方法を探しているの。私も力をつけてお手伝いしなきゃ」

「あ、あのぉ。な、なんで……、なんで髪の毛を狙うのですか?」

桜も透子の意図に気付いたのか、柴田の発言を遮り手を挙げて質問する。

柴田はきょとん、とした。それから、桜の髪をつまんで乱暴にひっぱりあげた。「痛い！」と桜が叫ぶと、いい声ねえと微笑《ほほえ》む。

「昔ね、鬼狩りに火で焼かれたの。顔面に油をかけられて……。ああ、思い出したら腹が立ってきた。他の怪我《けが》は治ったのよ？　なのに……髪の毛だけは戻らなくて。でも、仲間たちに聞いたの、自分にない箇所《かしょ》は人間から喰《く》って補えば元に戻るはずだって」

「補えてないじゃない！　何人食べたって！　無駄なんじゃゃな……」

桜が憎まれ口を叩《たた》き、ガンッと柴田が彼女の頭の上の壁を殴る。

「うるっさいのよ、帰国子女ぉ！　しゃあらぁっぷ！」

壁にめりこんだ手を柴田が外すと、コンクリートの壁の破片が、ぱらぱらと桜の額を経由して床に落ちていく。

桜は震えあがりながら、気が動転したのか両手を頬にあてて呟《つぶや》いた。

「せ、先生。今の私の暴言に対しては、びーくあいえっと、のほうが相応《ふさわ》しいかと思いますわ……お口にチャック……、しますぅ……」

「あらそう？　今度からは、そっちを使うわね」

せせら笑った柴田はべろりと唇を舐めた。

柴田を見上げながら透子は言った。そっと桜の手を握って彼女を促す。

「……次が、あればいいですね、先生？」

あ？　と首を不自然な角度で捻《ひね》った柴田の背後で、千尋がバットを振りかぶる。

「桜ちゃん、走って！」

透子が叫び、千尋は無言のまま柴田の後頭部に勢いよくバットを振り下ろした。

「ぐがあああっ」

柴田が絶叫し、反撃しようとしたが、その顔に、白い影が覆いかぶさる。

「だいふく！　やれっ！」

だいふくが、千尋の命令に従いガリガリと彼女の顔に爪を立てて目を潰す。

絶叫しながら柴田は蹲《うずくま》った。

桜が千尋の胸にちゃっかりと飛び込んだのを確認してから、透子はすみれの下に急いだ。

「すみれちゃん、すみれちゃん！」

「痛ッ……あー、大丈夫、頭を打ったけど死んだふりしていただけだから……」

くらくらと立ちあがった従姉《いとこ》を支えて逃げようとする。

「キャッ」

しかし、足首を摑《つか》まれて透子はころげた。

本棚にぶつかってばらばらと本が落ちてきて、顔から血を流した柴田が透子の足首に爪を食い込ませて唸《うな》っている。透子は扉の向こうを指差した。

「桜ちゃん！　走って誰かを呼んできて」

「わ、わかったわ」

桜を追おうとした柴田の手に向かって千尋が容赦なくバットを振り下ろし、ぎゃあと柴田は叫ぶ。

「千尋くん、すごい」

だいふくが、にゃあ、と足元で鳴いた。

「だって千尋だもん。だいふく、知っている。千尋は見えないだけで、いっぱい、色んなことが出来るんだよ！」

えっへん、と胸をはるだいふくに、頭を押さえた柴田が……ニタリと笑った。

次の瞬間、あはは、と笑って影のように溶けた。

途端に、千尋があたりをきょろきょろと見渡した。透子は右だと叫んだが間に合わず、柴田に蹴られて本棚ごと吹っ飛ばされる。

「千尋くんっ！」

柴田はだいふくを見ながら、口笛を吹いた。

「ネコチャンに、いいこーと、聞いちゃったあ。神坂君は見えないんだあ？　いくら攻撃力が高くったってねえ、見えなきゃただの、無能よ、むーのーお！　アンダスタン？」

だいふくが尻尾をばたばた震わせながら、可愛《かわい》らしいポーズで口を前脚で覆う。

「だ、だいふく、おロチャックする……」

柴田は姿を隠せるらしい。透子は、初めて千瑛に会ったときに聞いた説明を思い出した。

(僕は透子さんにしか見えないようにこの式神を調節していました)

千瑛が「誰にでも見える」よう式神を調節できたように、柴田も今までそうだったのだろう。今は逆に見る力がある人間にしか見えないはずだ。

透子やだいふくには柴田が見えるけれども、見鬼《けんき》の能力がない千尋には位置が確認できない。柴田は千尋の視界から姿を消したまま、笑った。

「ふふ。無能でも神坂の御血筋だものねえ。おいしそう。二人分食べたらすごく精力がつくかしら」

黒い爪が伸びたので、透子は千尋を庇《かば》うように立つ。

立ち上がった瞬間ポケットの中の小物がぶつかりあってカチン、と音を立てた。

——そうだ、鏡。

透子は見える。視《み》ることが出来る。そして、だいふくをそうしたように、人ならざるものを閉じ込めることもできる。まだ訓練を始めて間もないが、脳裏に千瑛から教えられたことを想《おも》い浮かべた。何かを閉じ込めるイメージ。

「怖くなんかない。千瑛さんがくれた呪具をもっているんだから……私の力が増幅されるの。だから、あなたなんか怖くない」

透子の声に千尋が顔をあげた。

数珠に力を増幅させる効果がないことを、千尋は知っている。

透子は御守り代わりにつけていた手首の針水晶の数珠を外して握りしめる。

もちろん、透子に術なんか使えるわけはないけれど、出鱈目《でたらめ》な印を組んで唱える。

透子の数珠は呪力の増幅なんかしない。その反対で、「つけた人間の能力を封じて」しまう。それは鬼に対しても同じだろうか？

そうだといいが。

「させないわよッ！」

姿を消したまま、柴田が叫び、鋭い爪が透子の手を切り裂いて、数珠がばらばらと音を立てて床に転がった。痛みにうずくまった透子を見下ろして、柴田がせせら笑った。

ばらばらと散らばった数珠が柴田の足元に散らばり、それを鬼は踏みつけた。

千瑛の教えを思い出す。

(――自分の力が足りないなら、何か道具に頼ってもいいんだ。まずは息を吸って)

「その数珠、何も効果がないわよお嬢さん」

高笑いする柴田を、数珠が描いた歪《いびつ》な円が取り囲む。

透子はポケットから手鏡をとりだして、柴田にかざす。

(呪文はなんでもいいんだよ。たとえば――)

――何か、呪文。鬼を退けるような。かみさかの、境の民の異能を、真実、透子が継いでいるのならば。――透子は小さく息をすって鬼を見た。まっすぐに。

「かみさかの、境の民が、希《こいねが》うっ――」

柴田の体は電流が走ったようにびくっと震えた。

「――悪《あ》しきさかいの、わざわいをっ」

「……ぎっ……」

数珠と千瑛の祈禱《きとう》を受けた手鏡の効果で、柴田の動きが完全に止まる。抵抗しているのか、手鏡が熱くなって暴れそうになるのを透子は必死に押さえた。

「ぎゃあああああっ」

苦しいのか、柴田が叫ぶ。叫ぶたびに鏡が暴れる。爪が透子の眼前に迫った時、千尋が手の中にあった何かをまっすぐに柴田の掌《てのひら》に突き立てた。

千瑛からもらった守り刀だ。小さな、ミニチュアのそれは千尋の手の中で不思議な青い光を放って柴田の体に吸い込まれている。

「数珠のおかげでっ！　あんた、今、俺にも見えてんだよッ！　無能な俺にもなあっ！」

「ぐああああ」

刀が手に刺さったまま柴田が絶叫する。悲鳴をあげながら逃げようとする柴田に向けて、千尋が金属バットを大きく振りかぶった。

ばきぃっと大きな音がして、柴田は金切り声をあげて床をのたうちまわった。

ほうほうの体で逃げようとするのに、千尋がなおも追い打ちをかける。

「窓から逃げる気だ！」

ガシャン、と大きな音がして柴田が窓ガラスに体当たりする。

「行かせないっ！」

叫んだ千尋が柴田をつかむ。スローモーションのように舞い散るガラスと、勢いをつけすぎた千尋が窓の外に吸い込まれそうになるのを目で追いながら、透子は手の中の鏡をかざした。

コマ送りになる視界で、ああ、自分も落ちるかなと思いながら、透子は叫んだ。鏡が熱を帯びて発光し、火傷《やけど》しそうに熱い。

「とどまれ、悪鬼！　――あるべきやみへ、還《かえ》りたまらせっ――！」

「ぎゃあああああああ」

叫ぶ柴田が黒いもやのようになる。まるで嵐のような速さで鏡に吸い込まれ、グンッと重くなる。安心しきった表情で窓の向こうに落ちていこうとする千尋を大きな手がつかみ、すんでのところで引き留めた。

「……やあ、間に合った……」

がっしりとした腕に引き寄せられて千尋が、顔を上げた。

白井桜の兄の悠仁が、やあと朗らかに微笑んでいる。彼のおかげで落下を免れた千尋が脱力したように、床に崩れ落ちた。

「大丈夫、です。二人とも？　それにすみれさんも」

「大丈夫、です。白井さんはどうして？」

すみれが、イタタ、と頭を押さえながら悠仁に尋ねた。

「もともと、観客席にいたんだよ。桜から呼び出されて……」

透子は勢いよく立ち上がった。桜は、どうなっただろう。

「桜なら、窓の外を見たらいいと思うよ」

透子はふらふらしながら窓に近づく。同じようにボロボロになった千尋も本棚伝いに立ち上がって、窓枠に手をかける。

さすがに先程までの騒ぎで人がちらほら集まっていて、背の高い男性二人を見付けて千尋が目をみひらいた。

「千瑛、和樹……」

千瑛が笑顔で手を振って、不機嫌そうな和樹が腕を組んでこちらを見上げている。二人は何か言葉を交わすとこちらへ向かってきた。

桜は千瑛の横で心配そうにしていた陽菜に抱き着いて、わんわんと泣いていた。

そろそろと這《は》い出てきただいふくもぴょん、と窓枠に跳んで一階を見下ろした。

「鬼さん、つかまったねえ！　よかったあ」

「えっ……猫？　……喋《しゃべ》って……猫？」

「え、なに。可愛い……」

すみれと悠仁がそれぞれ感想を述べる。

千尋が「こら」と呆《あき》れながらだいふくをぽか、と殴る。

「あ、ごめんね。だいふく、お口にチャックする」

悠仁とすみれが戸惑いながら白猫を見下ろしているが、だいふくのことを説明している気力が透子にも千尋にも、ない。

「よくわかんなかったけど、──柴田先生……、透子の鏡の中に、消えた？」

言いながら、ずるり、と千尋がしゃがみ込む。

透子は手の中の鏡を見つめた。──鏡面が黒ずんでいて何も見えない。けれどおそらくそうだろうという妙な確信があった。

透子が鬼を鏡の中に封じた。千尋と協力して。

たまたまのビギナーズラックなのか。それとも……。

「つ、疲れた」

千尋がぼやいて天井を見上げ、透子もそれに倣う。今は何かを考えるには疲れ果てていた。

ぬるりと何かが手に触れたので、まじまじと手を見ると鋭利なナイフで切り裂かれたかのようにざっくりと裂けて流血している。柴田に数珠を奪われたときに切り裂かれた傷だ。

「私も疲れちゃった。なんだか、手が熱い……」

痛みはもうないが、虚脱感で透子は目を閉じる。

透子！　というすみれの叫び声に、大丈夫だよと口の中だけで答え、透子はそのままずるずると壁にもたれかけて——意識を失った。

エピローグ

——透子《とうこ》ちゃん。透子……。

暗闇の中、懐かしい声が名前を呼ぶ。泣きべそをかいた透子が手を伸ばすと記憶の中の母が笑って透子を抱きしめる。

——転んでしまって、手が痛いの。

——泣き虫ねえ。

透子は母と向き合いながら妙なことに気付いた。母は十二年前に別れたっきり若い姿のままなのに、透子は子供ではなく高校生なのだ。

——お母さん、私ここまで来たよ。ねえ、どこにいるの？

母は微笑《ほほえ》んだ。怪我《けが》をした手を包んでくれる。

——透子ちゃんが近くに来てくれて、嬉《うれ》しい。でも駄目よ。

——駄目？

——捜しては駄目。これ以上は駄目。大丈夫。透子はお母さんが守るから。

母の声が遠くなる。

――鬼からも。……神坂《かんざか》からも。

「お……母さん？」

ぼんやりと透子が目を開く。

「動かないで。静かにして」

手を誰かが握ってくれている。ひんやりとした手は熱っぽい透子には心地がいい。

医師か看護師か、と思ったのは、部屋の様子からここが病院だと気づいたからで、その人が白い服を着ていたからだ。

違う、白衣ではなく白い着物なのだと気づいて、透子は訝《いぶか》しみながら彼女を見つめる。

年齢は透子よりひとつかふたつくらい年上の、ひどく色の白い少女だった。透き通るように美しい肌と淡い髪の色をしている。

彼女は、透子の包帯でぐるぐる巻きにされた手を握ると、冷たい声で告げた。

「鬼の爪に傷つけられて、あなたの指は腐って落ちそうだったのよ」

「……おに」

喉が痛くて、透子の声は掠《かす》れている。

少女は、透子の様子を鼻で笑った。

「あなたの指なんて私はどうでもいいけれど。千瑛《ちあき》と千尋《ちひろ》くんが頼むのだから、仕方がないわ。癒《いや》してあげる。せいぜい、恩に感じて私に尽くすのね」

彼女が触れるたび、痛みが引いていく。

はらはらと包帯がほどけていくその下には、少しの傷も残っていなかった。

「……すごい、魔法みたい……」

ぼんやりとしたまま、かすれた声で言うと、立ち上がった少女はほんの少しだけ笑った。

皮肉な様子で唇を歪《ゆが》めて。

「本当に親子ね。……真澄《ますみ》と同じことを言うんだから」

どういう意味か尋ねようとしたけれど、襲ってくる強烈な眠気が、透子にそれを許さない。透子は再び、まどろみに囚《とら》われる。

今度は母の幻も、透子の夢に現れなかった……。

「よかった、透子ちゃん起きてた」

昼過ぎ。「やあ」、と千瑛が見舞いに顔を出した。

柴田《しばた》教諭と大立ち回りをした翌日、星護《ほしもり》高校は緊急の休校になった。透子と千尋は打撲と多数の怪我で入院することになり今日は三日目である。

透子の手の傷はかなり深くあわや切断、というところだったらしいが、目が覚めたら綺《き》麗《れい》に治っていた。体力が回復すれば明日には退院だ。

彼は微笑むと透子に手鏡を返した。柴田を封じたときに使った、母真澄の形見の品だ。

「鏡、割れていなかったんですね。……よかった」

「真澄さんの形見だからね。無事に返せてよかったよ」

透子は手鏡を覗《のぞ》き込む。鏡面には自分の顔が曇りなく映っている。図書室で柴田を封じたときのように重さを増してもいないし、曇ってもいない。

——ここに。

——柴田が閉じ込められていたのだ。

どういう仕組みでああなったんだろう、と透子は鏡を見つめた。無我夢中で閉じ込めようとして、無事にあの鬼をこの鏡に閉じ込めることができたけれど……。

柴田はどうなっただろう、と透子は考えた。

「星護高校の図書室で棚が倒れる大きな事故があり、生徒と教師が巻き込まれた」とメディアには発表され、柴田は巻き込まれたせいで入院中、とアナウンスされているらしい。ほとぼりが冷める頃、体調は回復したが家庭の事情でそのまま退職することになった——と生徒たちに伝える予定らしい。

鏡の中に柴田がいないということは彼女はここから出てどうなったのか。千瑛は説明しなかったし、透子も尋ねることができない。

最後の印象は最悪だが——やったことは許されないが、英語を教えてくれた柴田は親切で優しい教師だった。人ならざるモノは透子にとっては恐ろしく、特に最近知ったばかりの「鬼」というのは醜く恐ろしい化け物なのだと考えていたのだが――。

あんなにも「人間」とそっくりだとは思わなかったのだ。

ふさぎこみそうになった透子の意識を千瑛の声が引き戻す。

「守《まも》り姫《ひめ》」

「え？」

千瑛の突然の言葉に、透子は顔を上げた。

「――神坂の始祖は女性だった、という話はしたよね」

サングラスを外してベッドサイドに座ると、千瑛は透子の目を見つめた。

「彼女は鬼を封じる力も持っていて、その力ゆえにこう呼ばれた。守り姫、と」

「守り、姫ですか」

「神坂の――特に本家に近い生まれの女性に、鬼を斃《たお》すのではなく封じる能力が顕現することがある。たぶん君にも」

透子は目をぱちくりと瞬《まばた》いた。あまりに突然な話に理解が追い付かない。

「鬼を封じる守り姫は神坂の中でも特別だ。……そして、君のお母さんの真澄さんも、そう呼ばれていたんだよ」

「お母さんが？」

「ああ、彼女は力の強い人だった。けれどある日全部が嫌になった、と言って神坂の家と縁を切って君のお父さんと結婚してしまった。本家は激怒して彼女を突き放したけれど、たぶんずっと後悔しているんじゃないかな。彼女より強い守り姫が神坂に生まれないまま彼女が行方不明になってしまったから」

そんな話は知らなかった。透子は手にした手鏡に視線を落とす。母が愛用していた手鏡。神坂との唯一のつながり。

これは、母が鬼を封じた守り姫としての職務につかったものだったろうか……。

「彼女たちの中には鬼を斃すだけじゃなくて、その力を自分のものにする事ができた者もいた。だから神坂の中でも守り姫は特別なんだ」

言い終えて、千瑛は透子に頭を下げた。

「僕は君に謝らなきゃいけない」

「千瑛さん？」

千瑛は難しい顔をした。

「そもそも、僕が君を九州に迎えに行ったのは本家の指示だったんだ」

「本家の？」

「本家は君の力を最初っから欲しがっていた。目がいい人間は貴重だから。……身寄りがなくなった君を迎えに行って訓練して神坂の仕事をさせよう、って魂胆だ。僕はそれを知ってて君を迎えに行く役目を買ってでた」

彼は力無くため息をついた。

「……他の誰が行くより、僕が行く方が穏便に君を守れると思ったから。少なくとも高校生の間はね」

突然の告白に、透子は唖然《あぜん》とする。

「だけど、今回の騒動が本家にばれた。君がおそらく『守り姫』だということも。――君は、否応《いやおう》なく神坂の家の事情に巻き込まれてしまうと思う」

「……家、の」

透子は混乱しつつ、千瑛を見た。

「僕たちはいつも人手不足だ。けれど、鬼たちは近年力を増してきている……だから神坂……、いや、僕は正式に君の力を利用させて欲しいと言わざるを得ない……」

透子は柴田の言っていたことを思い出していた。

（――二十年前、あの方の一部が戻ってこられたでしょう?）

柴田のあの台詞《せりふ》はどういう意味だったんだろう。鬼の力が増したことと関係あるんだろうか。――妙に耳に残る言葉だった。

透子が考え込んでいると、千瑛はそれを拒絶だと受け取ったらしい。「今する話じゃなかったかもね」と苦笑した。

「千瑛さん」

「うん？」

「お母さんが行方不明になったのは、鬼と関係ありますか？」

十二年前の夏、忽然《こつぜん》と消えてしまった母。神坂家の守り姫だった母。

この町に来てからたまに気配を感じるような気がする。それは、母がひょっとして今も生きていてどこかにいるからではないのか。

千瑛はわからない、と首を振った。

「真澄さんが守り姫だったのは鬼たちも知っていただろうから、可能性はなくもないと思うよ。神坂の家も真澄さんを捜さなかったわけじゃない……けれど何の手がかりも見いださなかったと聞いている」

「……そうですか」

透子は、頷いた。

神坂の家の事情はよく分からないし、鬼は怖い。今でも霊を見るのは嫌だ。だけど、透子にそんな特別な能力があるなら、すみれや桜《さくら》を助けたみたいに、誰かの役に立てるかもしれない。そしていずれは「お母さん」にたどり着くかも――。

透子は顔をあげた。

「千瑛さん。私ちゃんと考えてみます。お母さんを捜す手掛かりになるかもしれないし、私が誰かの役に立つなら、何もしないままでいたくない――」

決意を込めて千瑛を見つめると、彼はそう、と静かに頷いた。安堵《あんど》したように。

「ありがとう。透子ちゃん……」

しかしながら、どこか苦し気に――。


「ほんっと、後遺症が残らんでよかったわぁ」

千瑛が帰った病室で佳乃《よしの》さんがほぅっと息をはく。

「怪我《けが》の治療をするのが得意な人がいてね。本家の千不由《ちふゆ》お嬢さんなんやけど」

佳乃さんが目を細めた。本家のお嬢さんは滅多にその力を使ってくれないが、お気に入りの千尋に頼まれて、仕方なく透子が寝ている間に傷を癒してくれたらしい。

「治療してくださっているときに、すこし見たと思います」

「あら、そお？　なんか意地悪を言われへんかった？」

痛みでぼんやりしていたので記憶は曖昧だが「お前の指なんかどうでもいいが仕方なく治してやる」というようなことを言われた気がする。――言われたが、治療してくれた恩人を悪く言うのも気が引けて透子は「覚えていません」と濁す。

あの後、さらに何か会話を交わした気がするのだが、そこは記憶が更にぼやけて覚えていない。今度お正月に挨拶に行くときに改めてお礼を言わなきゃ、と決意した所で見舞客が――すみれと白井《しらい》兄妹《きょうだい》がやってきた。

「思ったより顔色が良くてよかった。はやく退院して星護神社に戻れたらいいね」

すみれは微笑《ほほえ》んで、それから、と、じゃーん、と間取り図を見せてくれた。透子がきょとんとしていると、ふふ、と笑う。

「大学院受かったから。報告」

「ええっ！　本当？　おめでとう」

すみれは苦笑する。

「これは新しい部屋の間取り。1DKの新居を決めてきたの。一人で住むには十分だし」

そういわれてようやく透子はすみれから一緒に住まないかと誘われていたことを思いだす。従姉《いとこ》は全てを承知したように笑って遊びにきてねと笑う。

「助けてくれてありがとうね、透子。——かっこよかったよ」

あの時すみれは柴田の凶行と、ひとならざる姿を見たはずだが言及はしない。

「すみれちゃん、ありがとうね。一緒に住もうって誘ってくれて本当に嬉《うれ》しかった」

すみれは、わかったと笑って透子の頭を撫《な》でた。

怖いものがある時、そっと引っ張ってくれた優しい手だ。

「お互い、がんばろ。新生活」

「うん」

「すみれちゃん」

すみれは悠仁《ゆうじん》と一緒に病室を出ていく。悠仁が非常勤講師を務める大学院にすみれは通うので一緒にキャンパスの見学をするらしい。

残された桜と透子のところに陽菜《ひな》がやってきてにぎやかに喧嘩《けんか》をし、桜はお見舞いの定番ですからと張り切って林檎《りんご》をむいてくれた。

「って白井、皮剝《む》くの、めっちゃ下手じゃない？　まさか包丁握ったことがない？」

「私は！　十七年間、ずーっとお手伝いさんがいる家で育ってきましたの！　ですからこれは初めての作品です！　記念品よ！」

ごつごつした林檎の欠片《かけら》をもらって透子は苦笑する。

林檎を咀嚼《そしゃく》し終えてから、意を決して桜を鬼だと勘違いしていたことを告げ謝罪すると、まあ！　と桜は目をみひらいた。

「私の一族は、長男には悠仁って名付ける習慣がありますの。女子には桜にちなんだ名前を。櫻子《さくら》、さくら、桜、八重……ちなみに関西遠征の用事は、この、旧姓白石《しらいし》、里見《さとみ》さくら大伯母の葬儀ですわ、大往生で……あ、ちょうど会葬御礼《おんれい》が手元にあります」

桜は葬儀場名が印刷された会葬御礼を示す。里見さくらの文字がある。

透子は頭を抱えた。

ひとりで盛り上がって盛大に勘違いをしていたわけだ。恥ずかしい。

恐縮しきりで謝罪すると、桜は、ほほほと意味ありげに笑った。

「いいわ。私は心が広いので許してあげます。——ただ、今度おうちに招いてくださる？

——千尋くんがご在宅の時に」

透子は、はい、と折り目正しく返事をした。

「では、早く回復なさってね」

「うん、ありがとう。陽菜ちゃん、桜ちゃん。また学校でね……」

桜と陽菜は笑って病室を出ていき彼女たちと入れ違いに、だいふくがにょっと顔を出した。こっそり二人をつけてきたらしい。だいふくは「透子！」とベッドに飛び乗ってきた。

「お見舞いにきたよ！　あのね、小町《こまち》はお庭にいるんだ」

「ええっ？」

透子が覗《のぞ》くと窓の外には陽菜の彼氏の楢崎《ならざき》がいて、彼の腕の中には猫の小町が嫌そうに抱きかかえられている。猫は病室には入れないが、透子のためにと陽菜と楢崎が千尋に相談して病院の庭まで連れてきてくれたらしい。楢崎は病室を見あげて手を振り、猫は透子の視線に気づくとけだるげに尻尾を振って、楢崎の手を逃れる。

陽菜と桜を見つけたので、そちらの方についていくことにしたらしい。

三毛猫は陽菜と楢崎、そして桜の後をついていきながら、不思議そうに「なぉーん」と一声、長く鳴いた。

「どうしたの、小町ちゃん？」

桜が首を傾《かし》げると、三毛猫は前足で桜の足元をちょいちょい、とつつく。

桜の細い足首から伸びる……影が。

あるべきはずの……影が、そこにはなかった。

「あら、いけない」

口元を押さえた桜は三毛猫を抱き上げる。猫は「にゃあ」と首をかしげる。

「小町ちゃん。教えてくれてありがとう。だめね、ついうっかり影を作るのを忘れていたわ——。ねえ、小町ちゃん、私が二人の側にいたら心配？」

「なおん」

「安心なさって。私も悠仁も他の仲間とは違って穏健派なの。これ以上彼らが復権するのも、あの方の復活も望まない。その証拠に田中《たなか》さんが狙われた時も柴田を邪魔して助けてあげたでしょう？」

桜はちろりと赤い舌で唇を湿らせた。

夕陽《ゆうひ》に照らされて白目部分が血のように赤い。

「柴田のような馬鹿な手合いも駆除されたことだし、今しばらくは、ここでひっそり暮らすつもり。星護は気に入っているし、守り姫さまも王子様も可愛《かわい》いし、仲良くしたいわ。……だからね、二人にも、だいふくちゃんにも私の事は秘密になさって？」

三毛猫が困ったように鳴き、前を歩いていた陽菜たちが訝《いぶか》し気に振り返った。

「何独り言をブツブツ言っているの。おいてくよ、白井!」

「まあひどい! 待ってちょうだい!」

――今度はきちんと影を引き連れて、白井桜も病院を後にした。

「にゃあん」

そろそろ面会が終わろうとする時刻「元気か?」と、透子と同じく入院中の千尋がひょっこり顔をだした。

「千尋くん!」

ベッドの隣に椅子をひきよせて腰掛けた千尋の顔や手にはあちこち絆創膏《ばんそうこう》が貼られている。彼も色々傷を負っているが、骨折などの大きな怪我はなかったので、千不由から特別な治療は受けず自然治癒に任せるらしい。

「千尋くんが元気そうで安心した」

「鍛えているから」

「……どうせ、私はひ弱だもん」

透子が拗《す》ねるとくすりと千尋は笑う。その笑顔に一気に安心してしまって涙ぐみそうになるのを、透子はぐっとこらえた。

千尋は透子の手を見た。

「千不由が治療してくれてよかった……指は、もう、痛みとかないの？」

「うん、すっかり大丈夫」

千尋はよかった、と笑う。

「ありがとうな。図書室で助けてくれて」

「ううん、……千尋くんが助けに来てくれたからだよ」

「いきなりハッタリで呪文唱えた時は、びっくりしたけど、助かった。透子すごいな」

「――無我夢中だっただけ」

「いや。すごかった。俺は何もできなかったけれど」

透子は首を捻《ひね》った。確かに千尋は見鬼《けんき》の能力はないかもしれないが、それ以外は――すごいんじゃないだろうか。だって、あんなふうに鬼に打撃でダメージを与えるなんてありえない、多分。千尋自身やその両親が言うのとは違って、彼は無能なんかじゃない、ような気がする。透子はそんなことを思いながら、千尋を見上げた。

「千尋くん。私ね。鬼を狩る力があるんなら、今後も役に立ちたいって思っているの。怖いけど。何もしないのは嫌だから――。千瑛さんから色々教えてもらいたいなって思う」

うん、と千尋が頷《うなず》く。

「だから、これからも星護神社に居候すると、決めました。ええと、なので、これからも、よろしくお願いします」

透子は決意を込めて手を差し出す。

千尋は目を見開いて、それから、ふっと肩の力を抜いた。

「いいな。俺は、そういう面では役に立てないけど。俺も、俺の、できることをするよ」

「――ええと、たまにバットで鬼を殴ってくれたり？」

「まかせろ。ホームラン打つから」

はは、と透子は笑った。

「おれも！　おれもがんばる！」

だいふくが握ったままの二人の手の上に、チョンと自分の肉球を添えたので二人はふきだした。千尋は一人と一匹の手の上にもう一方の自分の手も重ねながら力を籠める。

「――星護神社に帰ろう。俺たちの家に」

「うん！」

透子も千尋の手をぎゅっと握り返す。

不完全な少年少女は、どちらも傷だらけのまま。それでもほがらかに見つめあった。

番外編　贈りたいのは

「お誕生日のプレゼント、何を買うの？」

十二月のはじめ、星護町《ほしもり》に初雪が降った。

高校からの帰宅途中、透子《とうこ》は陽菜《ひな》と並んで歩きながら尋ねた。二人の装いはすっかり冬だ。透子はチェックのマフラーで口元まで覆いながら目をギュッと閉じて「寒い！」と叫ぶ。

「こっちは福岡より寒いっけ？」

「体感で五度は違う気がするよ」

じたばたとあしぶみして震える透子を、陽菜はアハハと明るく笑いとばした。

ショートカットの陽菜はふかふかの耳当てをあてている。今日は陽菜がマネージャーをつとめる野球部の練習が休みなので二人して隣町へ行く。来週に控えた陽菜の彼氏、楢崎《ならざき》恭平《きょうへい》の誕生日プレゼントをショッピングモールへ買いに行くのだ。

透子の問いに陽菜は「キャップにするつもりだよ」と教えてくれた。

「好きなメーカーはこれー、って恭平が教えてくれたから」

陽菜は、携帯端末で写真を示す。

「欲しいもの、あらかじめ聞くんだね」

「うーん、サプライズ成功させる自信がないし、せっかくなら贈られる人に喜んで欲しいから。ま、私からのプレゼントならなんでも喜んでくれると思うけど」

さらっと惚気《のろけ》がきたので仲いいなあと透子は目を細めた。

ショッピングモールに到着してどれがいいかと悩む陽菜は真剣そのものだ。友達がいなかった透子には、もちろん彼氏などというものは存在したことはない。付き合うということが何なのかいまいちわからないが、陽菜たちは幸せそうで憧れる。

陽菜が手に取った赤いキャップは確かに陽気な楢崎のイメージだ。透子はなんとなく同じデザインの黒いキャップを手に取ってこの色は千尋《ちひろ》に合いそうだ、なんてことを考える。

「そういえば、千尋くんも誕生日が近いなあ……」

千尋の誕生日は十二月二十五日だ。

クリスマスの日が誕生日だなんて神社に住んでいるのにねと透子が言った後、苦笑していた横顔を思い出す。陽菜は透子のつぶやきを拾うと勢いよく顔をあげた。

「あれ？　千尋に誕生日プレゼントをあげるんだ」

「そ、そういうわけじゃないの……！　それに、キャップだとなんか楢崎くんと千尋くんがおそろいになっちゃうし、よくないよね！」

しどろもどろに透子が言い訳すると陽菜がうふふと口元を押さえた。

「いいじゃーん。何か買っていけば？　クリスマスプレゼントって贈ればいいよ」

確かに「いつもお世話になっているお礼に」と渡せばいいのかもしれない。千尋だけでなく千瑛《ちあき》や佳乃《よしの》にも日頃の感謝の証に何か贈りたいとは思っていたのだ。

だけど、と透子は少しだけ声を落とした
「……千尋くんって自分の誕生日祝われるの、好きじゃなかったりしない？」

――千尋が複雑な境遇なのは本人から聞いた。

両親は離婚し、千尋はそのどちらとも仲があまりよくない。

『息子は出来損ないで』と悲し気に言った声を覚えている。

透子がつい先日、佳乃に「千尋くんの誕生日ってお祝いするんですか？」と尋ねたところ「そうやねえ、毎年その日はクリスマス会をするんよ」と非常にあやふやな返答をもらった。

ひょっとしたら、千尋は誕生日を祝われるのは好きではないのかもしれない。

何事も勘繰ってしまう性質の透子はあれこれと考え込んでしまったのだが……。

千尋と付き合いが長い陽菜は何かを察したらしくゆっくりと首を振って苦笑した。

「たしかに昔はちょっとセンシティブだったよねー。別にめでたい日じゃないとか言って。でも去年も一昨年もその前も恭平がプレゼントーってプロテインあげていたら、何か諦めたみたいで、去年なんかはありがとーって受け取って、二人で筋トレしていたよ」

「……さすが楢崎くん。力技」

圧倒的な陽のオーラに押し切られた千尋の姿が目に浮かぶ。

「そういえば去年は白井《しらい》も張り切っていたなあ」

「桜《さくら》ちゃんも？」

自他ともに認める千尋の信奉者、白井桜は一年の頃から千尋への好意を隠していなかったらしい。なんでも高級なスマートウォッチを貢物よろしく捧げようとして「申し訳ないけど、絶対もらえないし、困る」と千尋に丁寧に返品され、撃沈したとか。

「愛が重い……」

「でしょう？　今年は手編みのマフラー捧げるって宣言していたけど。重いって！」

恋する乙女の手作りの定番といえばそうだが、千尋が受け取る姿が想像できない。

桜に限らず手作りの……怨念……もとい気持ちが籠もったものは欲しそうじゃない。

「千尋くんの好きなものってなんだろう。難しいなあ」

透子が唸《うな》る隣で陽菜はニヤニヤしている。

「……い、いつもお世話になっているから。他意はないの。ほんっとうに何も……！」

「へええ、いいけどねえ、別に……！」

全然信用していない顔で陽菜は笑い、あれ、と顔をあげた。

どうしたんだろう？　と透子は友人の視線を追って、陽菜と同じように「あ」と声をあげた。

ショッピングモール内にある本屋で、彼は何かを真剣に眺めていた。

学生服を着た背の高い少年を通りかかる何組かの女の子がちらちらと眺めている。

「千尋くんだ」

透子がつぶやくと距離的にも聞こえるわけはないのに千尋はこっちを見た。無表情で下手をすれば冷たく見える容貌が、一瞬で明るくなる。

「透子！　陽菜！」

軽く手をあげた千尋の顔がくしゃりと笑顔になったので、透子はきゅ、と唇を噛《か》んだ。

どうしてだか顔がにやけそうになってしまったのを耐えつつ、透子は手を振り返した。

「透子たちも行くってわかっていたら、一緒に来ればよかったな」

ショッピングモールの中、透子に並んで歩きつつ千尋が言う。野球部の練習は今日は休みだ。欲しい参考書があった千尋も透子たちとは別ルートでここまで来ていたらしい。

陽菜は千尋と合流するとすぐに「私は目的を果たしたから先に帰るね！」とニヤニヤしながら帰って行った。陽菜はどうにも……透子に妙な気をまわしている。

透子は横に並んだ千尋を盗み見る。夏に会った頃より千尋は少しだけ背が伸びて、目線が高くなった。——確かに千尋はかっこいいし優しいし、一緒にいて安心するけれど。

それは同じ家に住む者としてのいわば仲間意識だ。多分それ以上じゃない。……多分。

「どうかした？」

いぶかしむ千尋に透子は慌てて首を振った。

「ううん！　なんでもない。千尋君は参考書買えた？」

「ばっちり」

千尋は本を見せてくれた。

いつかしたいという留学に備えて、千尋は冬休みの間中英語の強化に努めるみたいだ。

「透子の買いたいものは？」

「私は特にないんだ。陽菜ちゃんの買い物に同行しただけで」

「ああ、楢崎の誕生日来週だっけ？」

「うん……ええと、それでね」

言葉を探しているうちに、館内に流れているクリスマスソングが嫌でも耳に入る。

「本当は、皆の、その、クリスマスプレゼント探そうかなとは思っていたの」

白状すると、千尋がきょとんとした表情で首を傾《かし》げる。

「佳乃さんが、家でクリスマス会するって言っていたから。……プレゼント交換とか……したいなあ、って」

もごもごと言うと、ああ、と千尋も頷《うなず》いた。

「透子の家では、クリスマスってどんな風に過ごしてた？」

「うーん、パーティーって程じゃないけど。お祖母《ばあ》ちゃんがケーキを買ってきてくれて、すみれちゃんがクリスマスチキンとかお惣菜買ってきてくれて食べたりはしていたよ」

ケーキと言っても高齢の祖母は洒落《しゃれ》た店など知らない。商店街に古くからある小さなパン屋さんで、どこか懐かしい味のショートケーキを三つ買ってきてくれるのが常だった。

千尋はそれいいなと笑った。

「ついでだし、ケーキとチキンの予約しておく？　四人分」

佳乃さんに許可を得ると、二人して店を梯子《はしご》してうきうきと予約する。

「クリスマス当日、楽しみだねえ」

「ちょっと夕食が豪華になるだけだけどな」

「ふふ。神社なのにクリスマスするって、ちょっと悪い事をしているみたいで楽しいね！」

「そうかあ？」

千尋は神社の仕事にあまり関わらないからか、罪悪感は全くないらしい。

「クリスマスプレゼント、千尋くんは何が欲しい？」

「ん？　サプライズでくれるわけじゃないんだ？」

「陽菜ちゃん曰《いわ》く、プレゼントは贈られる人が喜ぶことが大事みたいだから。聞いておこうかと思いまして……ええと、クリスマス、プレゼントだよ」

透子の下手な言い訳に千尋はちょっと苦笑して家電量販店まで透子を誘導した。

「――それなら俺は、ヘッドフォンが欲しいです。低音がいい感じに聞こえるやつ」

「高いよっ！　予算オーバー！」

予算と桁が違う。透子の叫びに千尋がにやっと笑った。

「千瑛と佳乃さんと透子の三人の予算を集結して買ってほしいです、って伝えといてよ」

「ええっ？」

目を白黒させる透子に、千尋が微笑《ほほえ》む。

「俺はクリスマスが誕生日だし、予算倍額でよろしく、って二人にも伝えておいて」

それはつまり「お誕生日おめでとう」と透子が千尋に伝えてもいい、という事なのだろう。透子だけじゃなく、千瑛と佳乃の二人からも。

直接二人にそう言えばいいのに。伝えるのが照れ臭いのかな、と思って透子の頰はちょっと緩んだ。そういう素直になれないところが、可愛《かわい》くて罪つくりだ。

なんて風に思ってしまった透子は、内心で違いますから！　と考えを打ち消して、誰になのかわからない言い訳をする。

――これは単に友情、もしくは家族への親しみだ。

「いいよ。伝えておく！　だけど私の誕生日にもプレゼントくれなきゃだめだからね」

千尋は真面目くさって頷いた。

「――プロテインとかほしくない？」

「いらないよ！」

「筋トレ楽しいのに……。俺と甲子園をめざそう」

「目指しませんから！」

「えー、残念。まあいいや。透子の誕生日が近くなったら一緒に買いに来よう」

他愛のない約束を結べるのが嬉《うれ》しい。

「それまでに何か欲しいもの考えておいてよ」

「うん、そうする――」

透子の誕生日は四月、もう少し先だ。

その頃、透子は何を欲しいと千尋に告げているだろう。

未来の事を考えてすこしそわそわとしながら、二人は華やかな音楽が流れる施設を後にした。

あとがき

はじめまして、もしくはお久しぶりです、やしろ慧です。

このたびは「鬼狩り神社の守り姫」を読んでいただき、ありがとうございました！

昔から、鬼やそれに敵対する人々のお話が好きで。それを形にしたものがこの本になります。不思議の中に、孤独な二人のボーイミーツガールなお話としての側面もありつつ、読んだ方に「こんなひとたち身近にいるよな」と感じていただければ幸いです。

お声掛けいただいたときは幻覚かな？と画面を百回くらい見返しました。夢じゃなくてよかったです。ふわっふわな私の設定をものすごく真剣に考えて、的確なご助言をくださった担当様、校正様、本当にありがとうございました。

また主人公二人の可憐さ、清廉さをこれ以上なく美しい装丁にしてくださった白谷ゆう先生に感謝を。着物の柄も含めて世界中に自慢したいのをずっと我慢しておりました。どうか、細部までみてくだされば幸いです。今回はどうもありがとうございました。

またどこかでお会いできますように。

やしろ慧

富士見L文庫

鬼《おに》狩《が》り神《じん》社《じゃ》の守《まも》り姫《ひめ》

やしろ慧《けい》

2023年5月15日　初版発行

発行者　山下直久
発　行　株式会社 KADOKAWA
〒102-8177　東京都千代田区富士見2-13-3
電話　0570-002-301（ナビダイヤル）

印刷所　株式会社暁印刷
製本所　本間製本株式会社
装丁者　西村弘美

定価はカバーに表示してあります。

●お問い合わせ
https://www.kadokawa.co.jp/（「お問い合わせ」へお進みください）
※内容によっては、お答えできない場合があります。
※サポートは日本国内のみとさせていただきます。
※Japanese text only

ISBN 978-4-04-074872-6 C0193